국어시간에
세계희곡읽기

국어시간에
세계희곡읽기

송무 기획 — 전국국어교사모임 엮음

Humanist

국어 시간에 가장 많이 읽는 책

전국국어교사모임은 신나고 재미있는 국어 수업을 만들기 위해 20년이 넘게 애써 왔습니다. 특히, 중·고등학생들이 읽을 만한 책이 없는 상황에서 학생들이 즐겨 읽을 수 있는 책들을 펴내 청소년 문학에 새바람을 불러일으켰습니다. 학생들의 눈높이를 가장 잘 알고 있는 현장의 국어 선생님들이 엮은 '국어시간에 읽기' 시리즈는 학생들의 관심과 흥미를 살폈을 뿐 아니라, 학생들의 삶이나 현실과 맞닿아 있어 공감을 끌어낼 수 있었습니다.

우리 모임에서 청소년 문학으로 낸 첫 번째 책은 김은형 선생님이 수업에 활용했던 소설을 모아 엮은 《국어시간에 소설읽기 1》입니다. 이 책은 나오자마자 청소년 문학 베스트셀러가 되었습니다. 학생들의 눈높이에 맞는 책인지라 수업 시간에 가장 많이 읽는 책이 되었으며, 여러 권위 있는 단체에서 '중학생이 읽기 좋은 책', '중학생에게 읽기를 권장하는 책'으로 뽑았습니다. 우리는 이어서 《국어시간에 시읽기》, 《국어시간에 생활글읽기》 등을 차례로 펴냈고, 그 책들은 모두 현장 국어 교사들이 수업에 적극 활용하는 책이면서 학생들이 즐겨 읽는 책으로 자리 잡았습니다. 이후 아이들에게 더 많은 읽을거리를 제공하고 싶다는 바람으로《국어시간에 세계단편소설읽기》,《국어시간에 세계시읽기》,《국어시간에 세계희곡읽기》같은 세계 문학 선집도 엮게 되었습니다. 이 모든 읽을거리가 청소년들의 삶을 더욱 풍성하게 하고, 청소년들의 생각을 더 크고 넓게 해 줄 거라 믿습니다.

'국어시간에 읽기' 시리즈는 학생들에게 읽기의 즐거움을 맛보게 해 준 책입니다. 또한 청소년 문학 시장에 다양한 분야의 책이 나올 수 있도록 마중물 역할을 하였습니다.

'국어시간에 읽기' 시리즈를 통해 학생들이 세상을 이해하고 세상 속으로 한 걸음 나아가기를 기대합니다. 또한 우리 주변의 진솔한 삶의 이야기, 그 속에 숨어 있는 보석 같은 깨달음이 여러분과 함께하기를 바랍니다.

이 책들이 모든 사람에게 오래도록 사랑받기를 바랍니다.

전국국어교사모임

희곡 읽기의 매력 속으로

희곡은 어느 문학 형식보다 일상의 삶과 친근한 문학 형식입니다. 그런데도 왠지 시나 소설보다 덜 읽히고 있는 듯합니다. 읽히기 위해 씌어진 글이 아니고 공연을 위해 씌어진 글이라고 여기기 때문일까요. 하지만 희곡도 읽는 문학으로서 얼마든지 즐길 수 있습니다.

　희곡의 가장 큰 매력은 다른 어떤 갈래보다 실감나게 이야기를 해 준다는 점입니다. 소설이 지나간 사건을 간접적으로 전해 주는 이야기라면, 희곡은 사건이 바로 우리 눈앞에서 일어나는 것처럼 보여 주는 이야기입니다. 100년 전의 사건도 희곡으로 읽으면 우리는 그것을 바로 지금 일어나는 일처럼 경험할 수 있습니다.

　희곡이 가진 또 하나의 매력은 공연을 상상하면서 읽을 수 있다는 점입니다. 공연은 말의 예술을 넘어 행위와 미술과 음악이 합쳐진 종합예술입니다. 건축과 조명의 예술이기도 하고요. 춤이 포함될 때도 있습니다. 따라서 공연을 상상하면서 희곡을 읽으면 우리의 눈과 귀, 몸과 마음이 모두 즐거워집니다. 희곡에서 얻어지는 삶의 경험이 다른 문학 갈래에서 얻어지는 경험보다 더 생생하고 현실감 있는 것은 그 때문이지요. 그 작품을 연출하는 감독인 것처럼 생각하고 읽으면 즐거움이 두 배로 커집니다.

희곡을 제대로 감상하려면 그 작품이 공연되는 것을 보거나 직접 공연해 보는 것이 좋습니다. 그러면 같은 작품도 여러 가지 방식으로 연출될 수 있다는 걸 알게 될 테니까요. 이것은 하나의 작품이 여러 의미로 해석될 수 있다는 것을 뜻합니다. 이를 통해 우리는 하나의 사건이 어떻게 보느냐에 따라 다르게 경험되고 해석될 수 있다는 것을 깨닫게 됩니다. 이것이 바로 희곡과 연극이 우리에게 가르쳐 주는 중요한 지혜 가운데 하나입니다.

　이 책에 수록할 작품을 찾을 때 중요한 기준으로 삼은 것은 다양한 문화권의 작품, 문학적으로 높이 평가받은 작품, 완결된 구조를 가진 작품, 주제가 너무 어렵지 않은 작품, 내용이 재미있는 작품 같은 것이었습니다. 또 중학생들의 드라마 교육과 공연 연습에 직접 이용할 수 있는 작품도 한 편 포함시켰습니다. 그렇게 하여 모두 여덟 편의 작품을 모았습니다. 이 작품들이 희곡 읽기의 즐거움을 발견하게 되는 데 조금이나마 도움이 되면 좋겠습니다.

　　　　　　　　　　　　　　　　　　　　　　　　　　　송무

차례

대추 棗兒

. . . . . .

쑨훙(孫鴻)

이 작품은 어느 시골을 배경으로, 사랑하는 가족을 어딘가로 떠나보낸 외로운 사람들의 이야기를 다루고 있습니다. 대추가 잔뜩 열린 대추나무 아래에서, 아들을 기다리는 노인과 아버지를 기다리는 소년이 만나 서로의 마음을 달래 줍니다.

작품에는 구체적으로 드러나지 않지만, 이 이야기는 산업화 시대가 배경임을 짐작할 수 있습니다. 산업화는 근대에 들어서면서 거의 모든 나라가 겪었거나 겪고 있는 삶의 과정입니다. 이 과정이 진행되면서 농사를 짓고 살아가던 사람들이 공장 노동자가 되려고 도시로 떠나게 되고, 농촌에는 노인과 어린이들만 남게 됩니다. 이런 변화는 전통적인 삶의 방식을 무너뜨렸습니다. 할아버지 할머니와 손자 손녀들이 함께 살던 가족은 더는 찾아보기 힘들게 되었습니다.

이 작품은 흩어진 가족의 이야기입니다. 작가는 이 작품에서 가족을 흩어지게 한 거대한 삶의 변화를 간접적으로 암시하면서 삶의 중요한 근원을 이루는 두 가지 요소의 의미를 다시 생각해 보게 하고 있습니다. 하나는 혈육의 정이 가지는 의미이고, 또 하나는 가족이 한데 어울려 살며 마음의 정원을 이루었던 고향의 의미입니다.

나오는 사람들

노인

소년

막이 오른다. 붉은 대추가 잔뜩 달려 있는 오래된 나무 한 그루가 있다. 나무 아래에는 한 노인이 돌부처처럼 앉아 있다. 막 뒤편에서 노랫소리가 들려온다.

> 대추는 달콤해 대추는 맛있어
>
> 대추가 먹고 싶을 때는 어쩌지
>
> 엄마와 아빠한테 장대를 달래서
>
> 장대로 대추나무를 툭툭 치지요
>
> 엄마와 아빠는 대추를 먹지 않아요
>
> 설날에 우리들 먹도록 남겨 두어요

노인　(옆에 놓인 붉은 대추가 가득 담긴 대나무 소반에서 대추를 한 움큼 집으며 중얼중얼 혼잣말을 한다.) 어째 대추를 먹으러 오는 사람이 없을까? 대추가 이렇게 좋은데…….

소년이 무대 옆에서 머리를 내민다. 대추 하나가 나무 위에서 떨어지자, 소년은 살금살금 걸어와 대추를 줍는다.

노인   (큰 소리로) 이리 와라!

소년   할아버지…….

노인   (위엄 있게) 오라는데 오지 않고.

소년   (어쩔 수 없이 노인 앞으로 걸어온다.) 저는 그저 한 알만 주운 거예요. 먹지는 않았어요. 여기 드릴게요.

노인   (소년의 옷자락을 접어 주머니처럼 만들고 대추 한 움큼을 담아 넣는다.) 다 줄 테니 먹어라.

소년   (좋아서 어쩔 줄을 모르며) 할아버지, 고맙습니다! (맛있게 먹으면서) 대추가 정말 크네요.

노인   애비가 큰데, 자식이 작을 리가 있니?

소년   헤…… 할아버지, 제 말은 대추가 크다는 거예요!

노인   (자랑스럽게) 내 아들 이름이 바로 대추란다.

소년   거짓말! 대추라는 이름도 있어요? 헤헤…… 대추라고요?

노인   웃지 마라. 내 아들 이름이 바로 대추라니까. 얼마나 듣기 좋냐. 발음하기도 좋고. 그 애가 막 태어났을 때 어떤 점쟁이가 마침 문 앞을 지나가다가 운명을 점쳐 줬는데, 그 사람 말이 아들 운명에 '목(木)'이 빠져 있다는 거야. 그렇지, 네가 공부를 많이 하고 나면 대추[棗]라는 글자에 '목' 자가 있다는 걸 알게 될 게다. 잘 봐라. (허공에다 손가락으로 '목' 자를 써 보인다.) 그래서 그 애 이름을 대추라고 지은 거지.

소년은 듣는 둥 마는 둥 하며 그저 대추를 주머니 속에 담기에 바쁘다.

노인   (명령하듯) 다시 꺼내라. 대추는 여기에서만 먹어야 해. (갑
        자기 자상하게) 할아버지가 깨끗하게 닦아 주마.

소년은 대추를 꺼내 노인에게 건넨다.

노인   (대추를 깨끗하게 닦으며) 자, 먹어 보렴.

소년은 아무 말 없이 건네받는다.

노인   먹으라니까. 대추는 나무 위에 얼마든지 있단다.
소년   제가 나무 위로 올라가서 따도 되나요, 할아버지?
노인   그럼.

소년은 신바람이 나서 나무 위로 올라가다가 그만 땅 위로 떨어진다.

노인   아프니? (소년 옷에 묻은 흙먼지를 털어 준다.) 자!

노인은 땅에 엎드려 소년이 자신의 등을 밟고 올라가 대추를 딸 수 있게 한
다. 그래도 소년이 대추를 따지 못하자 노인은 일어서서 소년을 어깨 위에
태우고 대추를 따게 한다.

노인 허허허.

소년 왜 웃으세요?

노인 한번은 우리 아들 대추도 이렇게 어깨 위에 타고 있었는
데, 대추를 따는 데 너무 열중해서 내 목덜미에다 오줌을
싸는 것도 몰랐지.

소년 으이그, 너무 더러워요.

노인 뭐가 더러워. 간질간질하고 뜨끈뜨끈하니 좋기만 하던
걸!

소년 (부러운 듯이) 나는 한 번도 우리 아버지 목에 오줌을 눠
본 적이 없는데……. (대추를 따서 주머니에 쑤셔 넣으며) 어,
큰일이네, 저도 오줌 마려워요.

노인이 소년을 내려놓자 소년은 멀리 떨어진 곳으로 간다.

노인 애야, 이리 와라!

소년 오줌 눌 거예요.

노인 (대추나무를 가리키며) 나무 아래로 가서 눠라. 우리 대추나
무에 비료를 좀 줘야지.

소년은 나무 아래로 뛰어와 오줌을 눈다.

노인 우리 대추는 어렸을 때 꼭 대추나무 아래에서 오줌을 눴

지. 한번은 학교가 끝나자마자 대추나무 아래로 뛰어왔
어. 나는 무슨 일이라도 난 줄 알았지. 그 애는 대추나
무 아래에 와서야 오줌을 누기 시작했어. 다 누고 나서야
"아버지, 다녀왔습니다."라고 말했단다.

소년   (주머니를 툭툭 치며) 할아버지, 집에 가져가서 먹을래요.

노인   대추가 주머니 속에 들어가니까 이제 집에 가고 싶은가
　　　보구나.

소년   (낮은 소리로) …… 저는 아버지를 기다려야 하거든요.

노인   아버지야 날마다 들어오실 텐데, 뭐 그리 서둘러.

소년   아니에요. 저희 아버지는…….

노인   아버지가 뭐?

소년   아버지가 어쩌면 오늘 돌아오실 수도 있거든요.

노인   그런데 뭐가 그리 급해. 자……. (그다지 내켜 하지 않는 소년
　　　을 끌어 광주리 앞으로 데려가서는 대추 한 알을 건넨다.)

소년   (받아 들고는 대추를 들여다본다.) 할아버지, 이 잘 익은 대추
　　　랑 할아버지랑 닮았어요.

노인   나랑 닮았다고?

소년   쭈글쭈글한 게 할아버지 얼굴이랑 닮았어요.

노인   (소년 얼굴을 꼬집으며) 할아버지도 어렸을 때는 너 같지 않
　　　았겠냐? 피부가 이 초록빛 대추처럼 부드럽고 윤기가 흘
　　　렀지. 후유, 눈 깜짝할 사이에 60년이 지나갔구나……. 어
　　　서 먹어 봐라. (소반에서 잘 익은 대추 하나를 골라낸다.) 이거

한번 먹어 봐라.

소년 (익은 대추를 집어 입 안에 넣는다.) 그래도 쪼글쪼글한 것이 더 달아요.

노인 달긴 달지. 하지만 못생겼으니 누가 좋아하겠니.

소년 제가요! (대추를 한 움큼 집으며) 집에 가져갈래요. 아버지한 테 드리려고요. (몸을 돌려 가려고 한다.)

노인 또 아버지 타령일세. 빨리 앉아 먹어라. 대추는 급하게 먹 으면 안 된다.

노인은 소년을 끌어 앉히려 하고 소년은 앉지 않으려 않는다.

노인 (소년에게) 우리 고양이 울음소리 흉내 내기 할까? (고개 젓 는 소년을 본다.) 우리 개 걸음걸이 흉내 내기 할까? (고개 젓는 소년을 본다.) 우리 소꿉놀이 할까? (고개 젓는 소년을 본 다.) 그럼 할아버지가 이야기해 줄게.

소년 (못 미더운 듯이) 할아버지가 이야기할 거나 있으세요?

노인 삼 일 밤낮을 해도 끝나지 않을걸.

소년 와! 저 이야기 듣는 거 무지 좋아해요. 할아버지, 빨리 해 주세요.

소년은 얌전하게 노인 곁에 앉는다.

노인 잘 들어라. 내가 이야기 하나를 다 하고 나야 네가 대추 한 개를 먹을 수 있어. 아유, 천천히 먹어야 단맛을 느낄 수 있지.

소년이 진지하게 고개를 끄덕인다.

노인 (목소리를 가다듬으며) 들어 봐라. (웃으며) 어렸을 적에 나는 자주 배가 고팠어. 마을 동쪽 어귀 어느 집에서 대추 한 알을 훔쳤지. 먹기가 아까워 가지고 있었는데 어머니가 돌려주라고 하는 거야. 급해진 나는 대추를 통째로 삼켜 버렸지. 얼마 지나지 않아 내가 앉아 똥을 눴던 자리에 작은 대추나무가 하나 자라났단다.

소년 (대추나무를 가리키며) 할아버지, 이 나무가 그거예요?

두 사람은 서로 쳐다보며 큰 소리로 웃는다. 소년은 대추 하나를 먹는다.

노인 이 나무를 우습게보면 안 된다. 언젠가 일본군이 나무 아래 서서 나한테 총을 겨누었지. 그런데 그때 마침 나무에서 대추 하나가 일본군 철모 위로 떨어지면서 '통……' 하고 소리가 났어. 놈이 그 소리에 놀라 걸음아 날 살려라 하고 도망갔단다.

두 사람은 통쾌하게 웃는다. 소년은 대추 먹는 것도 잊은 채 놀란 모습을 흉내 낸다.

소년　빨리 얘기해 주세요.

노인　어느 해는 가뭄이 심하게 들어 마을에 굶어 죽는 사람이 많았어. 내 마누라가 겨우 남아 있던 여든한 개의 대추를 몽땅 나랑 아들에게 먹였어. 그 때문에 아들과 나만 살아남을 수 있었단다.

소년은 대추 먹는 것을 잊고 있다. 노인 눈에 눈물이 고인다. 노인은 광주리에서 대추 한 움큼을 집어 들더니 대추를 바라본다.

소년　할아버지, 왜 대추를 소반에다 널어 말리고 또 말리세요?

노인　아들이 돌아오길 기다리는 거야. 아들은 대추를 씹어 먹으면서 내 이야기 듣는 걸 좋아하거든.

소년　대추 아저씨는 언제 돌아와요?

노인　모르지.

소년　길을 잃어버렸겠죠? (노인이 아무 말 없자 혼잣말로) 그럴 리가 없어요. 이 나무는 진짜 진짜 커서 아주 멀리서도 보일 거라고요. 대추 아저씨가 어떻게 못 볼 수 있겠어요? (노인이 아무 말 없는 것을 보고) 할아버지, 왜 그러세요?

노인은 여전히 골똘히 생각에 빠져 있다.

소년   우리 고양이 울음소리 흉내 낼까요? (노인은 아무 반응이 없
다.) 우리 개 걸음걸이 흉내 내 볼까요? (노인은 아무 반응이
없다.) 우리 소꿉놀이 할까요? (노인은 아무 반응이 없다.) 그
럼 제가 할아버지한테 이야기 하나 해 드릴게요. (목소리
를 가다듬고) 아유, 이야기를 까먹었네. 우리 아버지가 많
이 알고 있는데……. 이제 가 봐야겠어요. 돌아가서 아버
지 기다려야 해요. (주머니 속에 있던 대추를 꺼내 소반에 놓는
다.)

노인   아직 시간이 이른데……. 더 있다 가거라.

소년   아버지가 오실 땐 초콜릿을 사 오실 거예요. 할아버지, 초
콜릿 드셔 보셨어요? 정말 맛있어요.

노인   (생각이 많은 모습으로) 초콜릿이 있으면 여기는 이제 안 오
겠구나.

소년   올 거예요. 할아버지네 대추는 달아요.

노인   네 녀석 말이 더 달구나. 그럼 어디 물어보자. 내 대추나
무의 대추가 다 없어지면 그래도 올 거냐?

소년   그래도 와요.

노인   속이는 거 아니지?

소년   속이면 개가 되지요.

노인   우리 손가락 걸자. (손을 뻗어 소년과 손가락을 건다.)

소년/노인   금 갈고리, 은 갈고리, 속이는 사람은 개가 된다네.

두 사람은 즐겁게 웃는다.

노인   가거라. 가서 아버지를 기다려야지.

소년   아이……, 아버지가 초콜릿 사 오시면 할아버지한테도
          나눠 드릴게요. (주저하며 가려 하다가 다시 머리를 숙인 채 풀
          이 죽어 서 있다.)

노인   왜 그러니?

소년   아버지는 안 오실 거예요.

노인   응?

소년   아버지는 도시에 집이 또 하나 생겼대요.

노인이 앞으로 가 소년의 머리를 쓰다듬는다.

소년   할아버지, 나눠 드릴 초콜릿이 없을 것 같아요.

노인   우리한테는 대추가 있잖니. 우리 대추 먹자.

노인은 대추를 집어 소년 입 안에 넣어 주고 자신도 대추를 집어
먹는다.

노인   (소년이 움직이지 않는 것을 보고) 어서 먹어. 어서. 대추 여러

개를 한꺼번에 먹어 보렴, 열심히 먹어.

소년 (겉옷을 들춰 붉은 주머니가 붙어 있는 속옷을 보여 준다.) 할아
버지, 제가 속였어요. 할아버지 몰래 대추 한 알을 숨겼어
요. 우리 아버지한테 드리려고요…….

노인 (멍하니 있다가 곧 감동하며) 여기 땅 위에 있는 것이랑 소반
에 있는 것도, 나무 위에 있는 것도 모두 다 네 거야. 아버
지한테 드리고 싶은 만큼 얼마든지 드려도 돼.

소년 아니에요. 아무래도 대추 아저씨 드시게 남겨 두는 게 좋
겠어요. 할아버지, 대추 아저씨는 돌아올 거예요.

노인이 소년을 꼭 안아 준다.

소년 저희 어머니가 그러는데, 먼 길을 나선 사람들이 어떨 때
는 집에 오는 길을 잃어버릴 수가 있대요. 하지만 식구들
이 날마다 큰 소리로 노래를 부르면 언젠가는 돌아오게
된대요.

노인 그럼, 우리 큰 소리로 노래 불러 볼까?

소년 불러요, 불러요. 제가 먼저 부를게요. (흙더미에 기어 올라가
힘껏 소리친다.)

대추는 달콤해 대추는 맛있어
대추가 먹고 싶을 때는 어쩌지

엄마와 아빠한테 장대를 달래서

장대로 대추나무를 툭툭 치지요

엄마와 아빠는 대추를 먹지 않아요

설날에 우리들 먹도록 남겨 두어요

두 사람이 고개를 들어 조각상처럼 먼 곳을 바라본다. 소년의 외침이 끊임
없이 울려 퍼진다.

쑨훙 (1947-)

중국의 극작가. 서안시 예술학교를 졸업한 뒤 서안가무극장에서 연기자로 활동하며 예
술 지도를 하였다. 1994년에는 문화부 우수전문가 칭호와 서안시 돌출기여기술인재 칭
호를 받았다. 〈대추〉는 연극 전문지 《극본》(1999)에 발표되었고, 중국조우희곡상에서
1등을 수상하였다. 주요 작품으로 〈진용혼〉, 〈장한가〉, 〈황금빛 소라〉, 〈어머니〉, 〈마음
속의 노래〉 등이 있다.

1 노인은 대추를 주우러 온 소년과 왜 같이 있고 싶어 하는 것일까
요? 소년은 어떻게 노인의 마음을 이해하고 친근하게 여기게 되
었을까요?

2 '대추'는 이야기를 이끌어 가는 데 중요한 구실을 하고 있습니다.
노인과 소년에게 대추가 왜 중요한 것이 되었는지 생각해 봅시
다. 대추가 상징하는 것은 무엇일까요?

3 '고향'이란 어떤 곳일까요? 요즘에는 예전보다 훨씬 많은 사람들
이 도시에서 태어나 도시에서 자랍니다. 도시 사람에게도 고향이
있는 것일까요?

4 이 작품에서 가족이 서로 헤어지게 된 것은 시골에서 농사짓고
사는 일이 힘들어진 시대가 되었기 때문인지도 모릅니다. 정말
그 때문에 가족이 헤어진 것이라면 노인의 아들과 소년의 아버지
는 고향으로 다시 돌아올 수 있을까요?

삶의 변화가 가져온 가족의 해체와 가장의 부재

이 작품에서 노인과 소년은 소중한 가족 한 사람을 멀리 떠나보낸 사람들입니다. 노인의 아들과 소년의 아버지는 어디로 떠났을까요? 무슨 일로 떠났을까요? 떠난 지는 얼마나 되었을까요? 우리는 노인의 아들과 소년의 아버지가 무슨 일로, 어디로 떠났는지 알 수 없습니다. 떠난 지가 얼마나 되었는지도 알 수 없습니다.

노인의 아들과 소년의 아버지는 나이가 비슷한 사람들일지도 모르겠군요. 장년의 남자들일 것입니다. 집안의 가장들이었겠지요. 집안의 가장들은 어딘가로 가 버리고 나이 든 노인과 나이 어린 소년이 고향 집을 지키고 있으니 이 시골에 무슨 일이 일어났던 것일까요. "도시에 집이 또 하나 생겨" 아버지가 당장은 안 오실지도 모른다는 소년의 말에서 우리는 소년의 아버지가 지금 도시에 살고 있다는 것을 알 수 있습니다. 노인의 아들과 소년의 아버지는 시골에서 농사짓는 일이 힘들어 도시로 돈을 벌러 간 것일까요?

대추: 잃어버린 과거의 삶

이 작품에서 대추나무와 대추는 무엇을 상징할까요?

노인은 대추나무 밑에서 멀리 떠난 아들을 기다립니다. 대추는 노인에게 아들을 생각나게 합니다. 아니 노인에게 대추는 아들이기도 합니다. 아들에게 대추라는 이름을 지어 주었으니까요. 대추나무에는 아들과 함께했던 기억이 어려 있습니다. 아들과 대추나무는 함께 자랐지요. 아들은 대추나무에 오줌을 주어 대추나무를 길렀고, 또 대추를 먹고 자랐습니다. 대추나무는 노인이 살아온 삶이기도 합니다. 대추나무는 노인이 똥을 눈 자리에서 자랐습니다. 가뭄이 들어 굶주렸을 때는 먹을 것을 대 주었고, 전쟁이 났을 때 노인의 목숨을 건져 주기도 했습니다. 대추는 노인과 뗄 수 없는 관계를 맺고 있는 것입니다. 그러니까 대추나무는 노인과 노인 가족의 삶을 상징하는 나무입니다.

26

불완전한 빈자리 채우기

대추나무 밑에서 노인은 소년을 만납니다. 노인은 소년에게서 아들을 느끼고, 소년이 잠시나마 아들의 빈자리를 채워 주는 것을 느낍니다. 소년은 아버지에게 줄 대추를 주우려고 대추나무 밑으로 왔습니다. 아버지를 생각하는 마음으로 대추나무 밑으로 간 소년은 아버지는 아니지만 아버지를 반쯤은 대신해 줄 수 있는 노인을 만나게 됩니다. 대추나무 밑에서 노인과 소년이 만나 그들의 빈 자리가 조금 채워지는 느낌입니다. 그들은 대추나무 아래에서 잃어버린 아들, 잃어버린 아버지를 잠시 되찾는 셈이지요. 노인과 소년은 이때 누구보다도 서로의 외로움과 허전함을 잘 이해하는 사람일 것입니다. 하지만 그들의 잃어버린 빈 자리가 정말로 채워지는 것은 아니겠지요.

잃어버린 삶에 대한 그리움

이 작품은 대추에 관한 노래로 시작해 같은 노래로 끝납니다. 이 노래는 집을 떠난 사람들을 되찾는 노래입니다. 노인과 소년은 노래를 큰 소리로 부릅니다. 그들은 아들과 아버지가 고향으로, 집으로 돌아오리라고 생각합니다. 대추 노래 안에는 엄마와 아빠가 들어 있습니다. 엄마와 아빠는 부모와 자식을 부양하는 집안의 어른들입니다. 그들은 자식들을 위해 대추를 먹지 않고 남겨 둡니다. 대추 노래는 가족이 다시 고향에서 한데 모여 같이 살고 싶어 하는 바람을 담고 있습니다. 또한 의지할 가족을 잃어버리고 생존이 어려워진 노인과 소년의 외롭고 안타까운 하소연이기도 합니다. 이들은 도시로 떠난 아들과 아버지를 따라갈 수 없습니다. 그들에게는 대추나무가 자라고 있는 곳이 그들의 집이고, 마당이고, 뜰이고, 삶터이기 때문입니다.

햇살
The Sun
좋은 날
.....

존 골즈워디(John Galsworthy)

두 남자가 한 여자를 사랑하거나 두 여자가 한 남자를 사랑한다면, 이 일을 어떻게 해결해야 할까요? 이런 일을 흔히 '삼각관계'라고 하지요. 소설이나 드라마나 영화에서 많이 다루는 소재이고, 실제로도 많이 일어나는 일입니다. 이 작품도 그와 비슷한 상황을 다루고 있습니다. 그런데 이 작품에 등장하는 사람들의 사정은 더 딱합니다. 한 여자와 한 남자가 서로 사랑했습니다. 그러다 남자가 전쟁터에 나가게 됩니다. 두 사람은 남자가 전쟁에서 돌아오면 결혼을 하기로 약속했지요. 그런데 남자가 전쟁터에서 오랫동안 돌아오지 않습니다. 여자는 남자가 죽었다고 생각하고 다른 남자를 사귀게 됩니다. 그러다 새로 사귄 그 남자를 사랑하게 되고요. 그런데 죽었다고 생각했던 남자가 돌아온다는 소식이 왔습니다. 자, 여자는 이제 어떻게 해야 할까요.

이 작품은 햇살 좋은 어느 봄날의 강변을 배경으로 하고 있지만, 보이지 않는 또 하나의 배경이 있습니다. 그것은 '전쟁'입니다. 전쟁은 등장인물들의 대화에서만 간접적으로 이야기되지만, 이 작품에서 아주 중요한 역할을 하고 있습니다. 이 작품에 등장하는 두 남자는 다 전쟁을 치르고 돌아왔습니다. 두 사람은 전쟁을 치르면서 끔찍한 일들을 수없이 경험했지요. 그 끔찍한 경험들이 그들 삶의 태도와 생각까지 바꾸어 놓았습니다. 전쟁은 이 두 남자를 어떻게 바꾸어 놓았을까요?

나오는 사람들

여자

남자

군인

한 여자가 강가 벤치 위에 무릎을 감싼 채 쭈그리고 앉아 있다. 가슴에 은빛 배지를 단 한 남자가 한 손으로 벤치의 등받이를 거머쥐고 여자 곁에 서 있다. 여자는 눈을 가늘게 뜨고 추억을 더듬는 중이다. 남자가 여자를 바라본다. 남자는 얼굴이 가무잡잡하고 험상궂다. 햇살이 밝게 비추고, 강이 고요히 흘러가고, 뻐꾸기 소리가 흥겹게 들린다. 강가의 산울타리를 따라 산사나무 꽃이 활짝 피었다.

여자   그 사람이 뭐라고 할지 모르겠어요, 짐.

남자   걱정 마. 제 놈이 늦게 와서 이렇게 된 거니까. 그뿐이야.

여자   사정이 있어 못 온 거죠. 무서워요. 그 사람이 날 많이 좋아했거든요.

남자   그럼 난 당신을 좋아하지 않는단 말이야?

여자   내가 기다려야 했어요. 전쟁터에 나간 사람을…….

남자   (몹시 흥분하며) 그럼 난 어쩌라고? 나는 뭐 전쟁터에 안 나갔단 말이야? 누군 안 겪어 본 일이냐고?

여자   (남자를 어루만지며) 아!

남자   당신, 아직도 그놈을……?

차마 말을 잇지 못한다.

여자   짐, 당신하곤 다른 사이였어요. 당신하곤 달랐다고요.
남자   그럼, 맘을 단단히 먹어야지.
여자   그 사람하고 약속했거든요.
남자   살다 보면 나한텐 좋은 일이 남한텐 독이 되기도 하지.
여자   기다렸어야 했어요. 그 사람이 전쟁터에서 돌아올 줄은
         정말 몰랐어요.
남자   (험악하게) 돌아오지 않은 편이 더 나았을지 모르지.
여자   (둑길을 돌아보며) 어떻게 변했을지 궁금해요.
남자   (여자의 어깨를 움켜쥐며) 데이지, 날 배신하면 죽여 버릴 거
         야. 그 자식도 죽여 버릴 거고.
여자   내가 어찌 그럴 수 있겠어요.
남자   나랑 달아나 버릴까? 그놈이 우릴 찾아내진 못할 거야.

여자는 고개를 젓는다.

남자   여기 눌러사는 게 뭐가 좋아? 세상은 넓어.
여자   그 사람이 돌아왔으니 마음을 정리하고 싶어요.
남자   (주먹을 부르쥐며) 그러다 큰일 나지.

여자   몇 시예요, 짐?

남자   (해를 힐끗 쳐다보며) 네 시 반.

여자   (강둑 아래로 난 길을 바라보며) 네 시쯤 온다고 했는데. 짐,
      당신은 가는 게 좋겠어요.

남자   안 가. 내가 겁먹은 거 같아? 나도 이 세상 생지옥을 그놈
      만큼은 본 놈이야. 그런데 어떻게 생겨 먹은 놈이지?

여자   글쎄, 모르겠어요. 못 본 지 삼 년이나 됐으니까요. 당신
      을 만나고 난 뒤에는 전혀 못 봤어요.

남자   커, 작아?

여자   당신만 해요. 짐, 제발, 가세요!

남자   안 가! 그까짓 놈쯤이야. 독일 놈들의 포탄이 비 오듯 쏟
      아질 때도 우린 눈 하나 깜짝 안 했어. 당신이 가면 나도
      가지. 아니면 나도 안 가.

여자가 다시 고개를 내젓는다.

여자   짐, 정말 나를 사랑해요?

대답 대신 남자는 여자를 와락 껴안는다.

여자   난 부끄럽지 않아요. 부끄러울 것 없어요. 그 사람이 내
      속을 들여다본다 해도 말이에요.

남자 데이지! 내가 전쟁터에 나가기 전에 당신을 알았다면 절
     대 전쟁을 견디지 못했을 거야. 당신이 보고 싶어 탈영을
     하고 말았을걸. 그 정도로 당신을 사랑한다고.

여자 짐, 그 사람 손대지 마세요. 약속해 줘요!

남자 사정 봐서.

여자 약속해요!

남자 얌전히 굴면 손댈 일 없겠지. 하지만 책임은 못 져. 솔직
     히 말하자면 나도 나를 모를 때가 많거든. 전쟁터 나갔다
     온 뒤로 그렇게 됐어.

여자 (몸을 떨며) 그 사람도 그렇게 됐을지 모르겠군요.

남자 그럴지도 몰라. 나도 내가 무슨 짓을 할지 잘 모르겠거든.
     정말이야.

여자 하느님 도와주세요!

남자 (사납게) 허! 우리도 허구한 날 그렇게 빌었지. 하지만 이
     젠, 원하는 건 싸워서 얻어 내. 아무도 그냥 주지 않거든.
     누구도 우릴 막지 못해. 우린 세상 밑바닥까지 다 봤으니
     까.

여자 그 사람도 그렇게 말할지 모르죠.

남자 그럼, 우리 둘 중 하나가 이기는 거지.

여자 무서워요.

남자 (부드럽게) 아냐, 데이지. 무서울 거 없어! 강도 가깝겠다,
     한두 놈 빠져 죽어도 대수겠어? 그자가 당신을 해치진 못

할 거야. 내가 당하고 있지도 않을 거고.

남자는 칼을 꺼낸다.

여자 (남자의 손을 쥐며) 어머, 안 돼요! 그거 이리 줘요, 짐!

남자 (웃음을 지으며) 안 되지. (칼을 치우며) 하긴 이걸 쓸 필요도 없겠어. 좋아, 우리 데이지 아가씨. 당신까지 우리 같아서는 안 되지. 어쨌든 목숨이라는 게 별것 아니야. 난 5분 사이에 천 명의 목숨이 사라지는 걸 봤어. 끈끈이 종이에 파리들이 달라붙어 있는 것처럼 시체들이 철조망에 걸려 있는 것도 봤다고. 나는 죽을 고비를 백 번도 더 넘겼어. 내가 죽인 사람만 해도 열 명이 넘지. 그까짓 것 아무 것도 아냐. 그놈이 열 받게만 하지 않는다면 살려 두겠어. 하지만 열 받게 만들면 어떤 놈도 무사하지 못해. 그놈뿐 아니라 어떤 놈이든 마찬가지야. 당신도 마찬가지고. 농담이 아냐.

여자 (부드럽게) 짐, 오늘처럼 햇살이 좋고 새들이 지저귀는 날 설마 싸우려는 건 아니겠죠?

남자 그놈한테 달렸지. 내가 싸움을 걸진 않아. 데이지, 난 당신을 사랑해. 당신의 머리카락도, 당신의 눈도 사랑해. 당신의 모든 걸 사랑한다고!

여자 나도 당신을 사랑해요, 짐. 이 세상에 당신만 있으면 다른 건 아무것도 필요 없어요.

남자   나도 그래, 데이지. 키스해 줘!

두 사람이 껴안고 있는데 갑자기 노랫소리가 들려온다. 여자가 깜짝 놀라 몸을 빼며 둑길을 돌아본다. 남자가 산울타리 쪽으로 물러서며 칼을 감춘 허리께를 더듬는다. 노랫소리가 점점 더 가까이 들린다.

나도야 오늘 밤 고향에 가 있겠네
들판엔 새하얀 봄꽃들 만발하고
농부들 밴조를 팅기며 노래하니
온 세상 환하게 빛나는 내 고향아

여자   그 사람이에요!

남자   겁먹을 것 없어, 데이지. 내가 있잖아!

노래가 그친다.

군인   (무대 밖에서) 아니, 데이지 아냐? 우리 데이지 아냐?

여자의 몸과 표정이 굳어진다. 군인이 저편에서 걸어온다. 모자는 허리띠에 쑤셔 박혀 있고, 머리카락은 햇살을 받아 반짝인다. 마르고 햇볕에 그을린 모습이 수척해 보이지만 얼굴엔 웃음을 띠고 있다.

군인   데이지! 데이지! 이봐, 우리 귀여운 아가씨!

여자는 길을 막아서듯 제자리에서 움직이지 않는다.

여자   안녕, 잭! (부드럽게) 할 이야기가 있어요.

군인   이 좋은 날에 무슨 이야기? 그야 나도 할 이야기가 많지.
다 하려면 삼 년은 걸릴걸. 데이지, 나 보고 싶었어?

여자   너무 오랜만이에요.

군인   맞아, 정말 오랜만이야! 군대 가면 다 그렇게 돼. 내가 제
대하고 나면 실컷 웃겠다고 했지? 데이지, 난 포탄이 터
지는 소리가 나거나 무서울 때마다 당신을 생각했어. 해
를 그리워하듯이 말이야. 우리가 숲 속에서 만났던 마지
막 밤 생각나? 당신은 "돌아와서 곧장 결혼해 줘요, 잭."
하고 말했지? 자, 나 여기 왔어. 천국에 돌아온 거라고. 이
젠 전쟁도 끝났고, 훈련도 끝났고, 새우잠도 다 끝났어.
이제 우리 결혼할 수 있어, 데이지. 우리 이제 편안하고
행복하게 살 수 있다고. 데이지, 키스해 줘.

여자   (물러서며) 안 돼요.

군인   (의아하여) 안 되다니, 왜?

남자가 울타리 쪽에서 재빠르게 걸어 나와 여자 곁에 선다.

남자   나 때문이야, 군인 양반.

군인   (한 걸음 다가서며) 당신 누구야? 이렇게 햇살 좋은 날 당신 마음은 밝지가 않군. 데이지, 이 사람 누구야?

여자   제 남자예요.

군인   당신 남자라고? 뭔 소리야! "얼레리 꼴레리, 웨일즈놈, 도둑놈!"[1] 그거야? 그래, 형씨! 형씨도 전쟁에 나갔다 왔군. 마침 내가 오늘 아침에 웃고 있으니 다행이오. 어라, 당신 칼을 가지고 있군.

남자   (칼을 반쯤 끄집어내고서) 날 비웃지 마. 장난 아냐.

군인   형씨 때문에 웃는 게 아냐. 형씨를 비웃는 게 아니라고. (군인은 두 사람을 번갈아 본다.) 그저 다 좋아서 웃는 거지. 그 훈장은 어디서 났소?

남자   (경계를 늦추지 않으며) 가슴에 총을 맞았지.

군인   굉장했겠군! 난 말짱하오. 사 년 있었지만 말짱해. 그래 형씨가 먼저 제대하여 내 여자를 빼앗아 갔단 말이지! 어림없어! 하! (다시 한 번 두 사람을 번갈아 보더니 고개를 돌린다.) 좋아! 세상은 넓으니까! (웃는다.) 내가 당신 가슴막이로 데이지를 형씨에게 주지.

남자   (사납게) 준다고? 내가 가진 거야.

군인   좋아! 그럼 가져요. 형씨 인상이 아무리 험악해도 오늘 내 좋은 기분을 잡치진 못해. 잘 있어, 귀여운 데이지!

여자가 군인을 향해 다가간다.

남자　그놈에게 손대지 마!

여자가 머뭇거리다가 갑자기 울음을 터뜨린다.

군인　이봐요, 형씨. 악수합시다! 딴 날은 몰라도 오늘같이 해가
　　　　좋은 날 여자가 우는 걸 보고 싶지 않소. 슬픈 일을 너무
　　　　많이 봐서 말이오. 형씨나 나나 그런 일 숱하게 겪었잖소.
　　　　우리도 거기에 한몫했고. 악수합시다!

남자　누굴 놀리는 거야? 당신은 이 여자를 사랑한 적 없어!

군인　(한동안 생각에 잠겨 있다가) 허, 난 사랑했다고 생각했지.

남자　그럼 싸움으로 결판을 내는 수밖에……

칼을 내던진다.

군인　(천천히) 형씨, 당신은 당신 할 일을 했고, 난 내 할 일을
　　　　했어. 방법이 달랐을 뿐이겠지, 아마도.

여자　(애원하듯이) 짐!

남자　(주먹을 쥔 채) 구걸하고 싶지 않아. 난 내가 가질 수 있는
　　　　걸 원할 뿐이야.

군인　데이지, 우리 둘 가운데 누굴 택할 거야?

여자   (얼굴을 감싸며) 오, 저 사람이요!

군인   봤소, 형씨? 그 손 내려놔요. 웃을 수밖에 없지 뭐. 그렇잖
        소? 웃어요, 형씨!

남자   이 자식이…….

여자가 달려들어 남자의 입을 틀어막는다.

군인   소용없어요, 형씨! 난 싸우지 않을 거요. 오늘은 웃고 싶
        다고 했잖소. 그러니 난 웃을 거요. 겪을 것 다 겪었어. 구
        역질 나는 일 다 겪었다고. 슬픈 일도 다 겪고 살아남았
        어. 다신 그런 일 겪고 싶지 않아! 잘 계시오, 형씨! 해가
        좋지 않소!

그가 돌아선다.

여자   잭, 날 너무 나쁘게 생각하지 말아요!

군인   (돌아보며) 걱정 마, 데이지! 재밌게 살아! 안녕! 두 사람
        행복하게 사셔!

그는 노래하면서 둑길을 걸어간다. 노래 내용은 다음과 같다.

        나도야 오늘 밤 고향에 가 있겠네

들판엔 새하얀 봄꽃들 만발하고

농부들 밴조를 튕기며 노래하니

온 세상 환하게 빛나는 내 고향아

남자 미쳤군.

여자 (두 손을 꼭 쥐고 둑길을 내려다보면서) 저 사람은 햇살이 너무 좋아 감동 먹은 거예요, 짐!

옮긴이 주

1) 웨일즈 지방 사람을 멸시하는 내용을 담고 있는 잉글랜드 지방의 동요에서 따온 말.

존 골즈워디 (1867~1933) ···

영국의 소설가이자 극작가. 법학을 공부해 변호사 자격을 얻었지만, 적성에 맞지 않아 문학으로 돌아서 소설과 희곡을 쓰기 시작하였다. 빈부 차에 따른 법적 차별, 여성의 권리, 동물 복지 등 사회적·윤리적 문제를 주된 소재로 다루었다. 주요 작품으로는 소설 〈사방에서〉, 〈바리새인들의 섬〉, 〈포사이트가 이야기〉, 희곡 〈은상자〉, 〈투쟁〉, 〈정의〉 등이 있다. 1932년 노벨문학상을 수상하였다.

1 여자가 옛 연인을 배신한 것일까요? 여자와 군인이 헤어지게 된 까닭은 무엇인지 이야기해 보세요.

2 이 작품이 배경으로 삼고 있는 전쟁은 두 남자의 삶과 성격에 커다란 영향을 미쳤습니다. 전쟁은 이들에게 어떤 변화를 일으켰나요? 두 사람이 사랑에 대해 가진 태도와 생각을 비교해 이야기해 보세요.

3 이 작품에는 해, 날씨, 계절에 대한 이야기가 많이 나옵니다. 이것들은 작품 속에서 어떤 의미가 있을까요? 또 작품 제목인 '햇살 좋은 날'이 상징하는 것은 무엇일까요?

4 등장인물 가운데 하나를 골라 자신의 태도와 생각이 정당하다는 것을 주장하고 변호하는 시간을 가져 보세요. 그런 다음 누구의 주장과 변호가 더 설득력이 있는지 토론해 보세요.

전쟁이 낳은 비극적 딜레마

이 작품에서 데이지는 전쟁터에 나간 잭이 살아 돌아오면 결혼을 하자고 했지만 약속을 지키지 못합니다. 잭이 죽었다고 생각하고 짐과 사귀게 되고, 결국 짐을 사랑하게 되지요. 데이지는 잭을 배신한 것일까요? 잭이 살아 돌아왔으니 이제 짐과 헤어지고 약속한 대로 그와 결혼해야 할까요? 하지만 데이지는 잭과 헤어지고 짐을 선택해야 한다고 생각합니다. 왜 그럴 수밖에 없을까요? 전쟁터에서 늦게 돌아온 죄밖에 없는 잭은 데이지가 딴 사람을 사랑하고 있는 것에 대해 어떻게 생각해야 할까요? 작가는 이에 대해 뚜렷한 대답을 하고 있지 않으니, 판단은 여러분의 몫입니다.

사랑을 얻는 방법과 싸움의 논리

이 작품을 통해 작가가 이야기하고 싶은 것 가운데 하나는 사랑하는 사람을 얻는 방식에 관한 것입니다. 두 남자가 한 여자를 사랑합니다. 두 남자는 경쟁하는 관계에 있습니다. 두 남자는 여자의 사랑을 얻기 위해 어떤 방법을 선택할까요?

짐은 싸워서라도 사랑을 얻어야 한다고 생각합니다. 이런 생각에는 어느 정도 서양인의 전통적인 사고방식이 들어 있는 것 같습니다. 서양인들의 이야기를 읽어 보면 한 여자를 사이에 두고 결투를 하는 남자들이 많습니다. 이긴 자가 여자를 차지할 수 있다고 생각하나 봅니다. 이 작품에서 짐도 사랑의 경쟁자가 나타나자 결투를 하자고 합니다. 이런 태도의 바탕에는 강한 자나 싸움에서 이긴 자가 모든 것을 차지한다는 생각이 깔려 있습니다. 하지만 그렇다면 사랑은 승리자를 위한 상품이나 전리품 같은 것이 되고 마는 것이 아닐까요? 이러한 결정에 당사자인 여자는 들어설 자리가 없습니다. 여자는 스스로 선택하지 못합니다. 결투에서 이긴 사람을 사랑의 상대자로 받아들일 수밖에 없게 되니까요. 이것은 결국 전쟁의 논리와 다를 게 없습니다.

전쟁에서 배우게 되는 두 가지 태도

전쟁은 이 작품의 배경이며 주제와도 밀접하게 관련됩니다. 그렇다면 이 작품에서 이야기되고 있는 전쟁은 어떤 전쟁일까요? 독일군의 포탄 이야기가 나오고, 이 작품이 1920년에 발표된 것을 고려하면, 여기서의 전쟁은 1918년에 끝난 제1차 세계대전이었던 것이 분명합니다. 작가는 이 비극적인 전쟁이 인간의 마음에 끼친 영향에 대해 이야기하고 싶었나 봅니다. 이 작품의 초점은 사랑의 세계에도 전쟁의 논리가 지배하고 있다는 것을 보여 주는 데 있다고 여겨집니다. 여자가 두 사람을 사랑하게 된 것이 전쟁 때문이기도 하고요. 이 작품에서 주된 긴장을 일으키고 있는 사람은 짐입니다. 짐은 사랑이라는 것을 싸워서 얻어야 하는 것이라고 생각합니다. 전쟁터에서 이러한 사고방식을 배운 것 같습니다. 그가 여자에게 줄곧 강조하는 말이 전쟁에 나가 겪어 보지 않은 것이 없다는 것이니까요. 그에게는 전쟁의 사고방식이 꽉 들어차 있습니다. 그래서 전쟁터의 사고방식을 사랑의 문제에까지 적용시키고 있는 것입니다.

반면 잭은 같은 전쟁을 겪고도 짐과는 전혀 다른 것을 배워 옵니다. 그는 전쟁이 참혹하고 비극적인 것이란 걸 깨닫고, 더 이상 싸움이 있는 세상을 만들지 않아야 한다고 생각하게 됩니다. 그는 살기 위해, 이기기 위해 폭력을 사용하는 게 옳지 않다고 생각하게 된 것입니다. 그는 이제 되도록 싸움을 피하려고 합니다. 그래서 여자의 선택을 존중하고 싸움을 피합니다. 그는 평화를 선택하는 것입니다.

평화를 상징하는 '햇살 좋은 날'

이 작품은 어느 햇살 좋은 날을 배경으로 하고 있습니다. 해가 밝게 빛나고, 강이 고요하게 흐르고, 뻐꾸기가 지저귀고, 산사나무 꽃이 만발해 있습니다. 평화로운 봄입니다. 이 밝고 평화로운 날에 짐의 어둡고 험악한 얼굴은 어울리지 않습니다. 여자는 그에게 이 좋은 날에 왜 싸움을 하려 하느냐고 말하면서 한사코 싸움을 말립니다. 여자는 밝고 아름다운 날의 평화를 깨는 싸움이 싫은 것입니다. 여기에서 우리는 이 작품의 제목인 '햇살 좋은 날'이 평화로운 삶을 상징한다는 것을 알게 됩니다. 그러니까 '해'는 짐이 보여 주는 인생의 어두운 면과 대조되는 밝은 면, 그리고 전쟁의 어두운 면과 대조되는 평화의 밝은 면을 상징하고 있다고 하겠습니다.

이성과 평화

해는 어둠을 몰아내는 빛이기도 합니다. 어둠이 무지의 상징이라면 빛은 무지를 사라지게 하는 이성을 상징할 수 있습니다. 어둠과 빛의 대조는 야만과 문명, 폭력과 이성, 전쟁과 평화, 죽음과 삶의 대조와 대응을 이룬다고도 볼 수 있습니다. 우리는 이성이라는 빛을 가져야 우리의 삶을 아름답고 평화로운 삶으로 만들어 나갈 수 있을 것입니다. 이런 맥락에서 잭은 이성적인 유형의 인간이라고 할 수 있습니다. 서양인들의 전통적인 사고방식으로 보자면 남자답지 못하게 결투를 포기한 잭은 겁쟁이일지도 모르겠습니다. 하지만 잭은 사랑이 싸워서 얻어야 하는 것이 아니라는 것을 알고 있습니다. 여자는 잭이 왜 노래를 부르면서 떠나는지를 압니다. 험상궂은 얼굴의 남자는 그 까닭을 모르지만요. 남자는 잭이 "미쳤나 보다."라고 말합니다. 하지만 여자는 잭이 햇살에 감동 먹었다고 말합니다. 햇살에 감동을 먹었다는 것은 평화를 추구하는 마음이 그를 사로잡았다는 것을 뜻하겠지요. 우리는, 미친 사람은 잭이 아니라 모든 것을 싸움으로 해결하려는 짐이라는 것을 알 수 있습니다.

달이
떠오르면

The Rising of the Moon

레이디 그레고리(Lady I. A. Gregory)

이 작품은 1800년대 말쯤의 아일랜드를 배경으로 하고 있습니다. 당시 아일랜드는 영국의 통치를 받고 있었지요. 놀라운 일이지만, 이 나라는 12세기부터 800년 가까이 영국의 통치를 받았습니다. 그래서 영국의 학정에 못 견딘 아일랜드 사람들이 오래전부터 독립을 요구하면서 무장투쟁을 벌여 왔습니다. 작가는 이 작품에서 감옥에 갇혀 있던 한 독립군 지도자가 감쪽같이 탈옥한 사건을 다루고 있습니다.

이 작품에는 두 개의 노래가 나옵니다. 아일랜드 사람들이 다 아는 이 노래들을 모르고 작품을 감상하면 극의 전개가 주는 긴장과 서스펜스를 제대로 느낄 수 없습니다. 노래 가운데 하나는 〈달이 떠오르면〉인데, 이 작품의 제목이기도 합니다. 이 노래는 1798년의 유명한 아일랜드 봉기 사건에서 유래합니다. 달이 떠오를 때 혁명군이 무장 투쟁을 준비하고 집결하는 내용을 다루고 있는데, 노래의 마지막은 "달이 뜰 때 혁명군을 뒤따를" 사람들이 아직 많이 있음을 신에게 감사한다는 내용입니다. 또 하나는 〈그라누에일〉이라는 노래입니다. 이 노래에서 아일랜드는 영국인 깡패 집단으로부터 잔혹한 폭행을 당하는 여인으로 그려져 있습니다. 한때 이 나라에서 아일랜드라는 이름을 사용하는 것조차 금지되었을 때, 아일랜드 애국자들은 그라누에일을 자기들의 조국을 나타내는 비유적 이름으로 사용했다고 합니다.

나오는 사람들

경사

경찰 1

경찰 2

(남루한 차림의) 남자

장면　어느 항구의 부둣가. 기둥 몇 개와 사슬들. 큰 나무통 하나. 세 명의 경찰 등장. 달빛.

세 명의 경찰 가운데 경사는 다른 두 경찰보다 나이가 많다. 경사가 무대를 가로질러 오른쪽으로 걸어가더니 계단을 내려다본다. 다른 경찰들은 풀이 담긴 통을 내려놓고 벽보 꾸러미를 푼다.

경찰 2　여기다 붙이는 게 좋을 거 같은데. (나무통을 가리킨다.)

경찰 1　물어보는 게 좋겠어. (경사를 부른다.) 벽보를 여기에 붙이는 게 좋을까요? (대답이 없다.)

경찰 2　벽보를 이 나무통에다 붙일까요? (대답이 없다.)

경사　여기 계단이 있군. 바다로 향해 있어. 이곳을 잘 감시해야겠네. 그자가 이 계단을 내려가면 그자의 패거리가 저 아래서 배를 대기시키고 있다가 데려갈지 몰라. 어쩌면 배만 보낼지도 모르고.

경찰 2 벽보를 저 나무통에다 붙이면 되겠습니까?

경사 괜찮겠군. 거기다 붙이게. (그들은 벽보를 붙인다.)

경사 (벽보를 읽는다.) 머리칼이 까맣고, 눈이 까맣고, 얼굴에 수염을 기르진 않고, 키가 175센티미터라! 이 정도로는 감이 안 잡혀. 탈옥하기 전에 얼굴을 봐 두지 못한 게 유감이군. 듣자 하니 대단한 놈이라던데. 조직 전체의 작전을 혼자서 다 짠다지. 이렇게 감쪽같이 탈옥할 수 있는 놈은 아일랜드에서 이놈 말고는 없을 거야. 틀림없이 교도소장들 가운데 끈이 닿는 사람이 있을 거야.

경찰 2 고작 백 파운드라니, 정부가 내건 현상금 치곤 너무 적지 않나요? 경찰이 체포하면 진급도 확실히 시켜 주는 거겠죠?

경사 여긴 내가 지키겠네. 아무래도 이쪽으로 올 가능성이 높으니까. 저쪽에서 숨어 들어올 수 있어. (부두 쪽을 가리킨다.) 놈의 패거리는 저기에서 기다리고 있고 말이야. (아래쪽 계단을 가리킨다.) 일단 빠져나가면 붙잡기가 힘들어. 고기잡이배에 올라타 해초 더미 밑에 숨어 버리면 그걸로 끝이니까. 상금이 아쉬운 나 같은 가장을 누가 도와줄 리도 없고.

경찰 1 설령 잡는다 해도 사람들한테 욕만 먹을걸요. 식구들이나 친척들한테도 마찬가지고요.

경사 그래도 경찰에 몸담고 있는 이상, 우리는 주어진 임무를 다할 수밖에 없네. 우리 덕분에 이 나라 법과 질서가 유지되고 있는 것 아닌가? 우리가 없다면 밑에 있는 게 위로 가고, 위에 있는 게 아래로 가서 모든 게 다 뒤죽박죽되고 말걸세. 자, 어서 서두르게. 벽보를 붙여야 할 데가 아직 많이 남아 있으니. 다 붙이고 나면 이리로 돌아오게. 손전등은 가져가도 좋아. 너무 오래 걸리진 말고. 여기서 보이는 거라곤 저 달뿐이니 아주 따분하네.

경찰 2 저희도 함께 경계를 서야 하는데, 죄송합니다. 그놈을 우리 지역에 수감했으니 정부에서 경찰 병력을 더 늘려주었어야 하는데 말입니다. 순회 재판이 열릴 때도 그렇고요. 하여간 잘 지키십시오. (두 사람 퇴장한다.)

경사 (왔다 갔다 하며 벽보를 바라본다.) 백 파운드에, 진급을 보장한다? 백 파운드면 꽤 쏠쏠한 돈이야. 정직하게 사는 사람이 그만한 돈을 쥐어 보지 못한다면 서운한 일이지. (남루한 옷차림의 남자가 무대 왼쪽에서 나타나 슬그머니 지나가려고 한다. 경사가 획 돌아선다.)

경사 당신 어디 가는 거요?

남자 전 그저 가난뱅이 소리꾼입니다, 경사님. (악보 꾸러미를 내밀며) 뱃사람들에게 노래 폼이나 좀 팔아 보려고요. (걸음을 멈추지 않는다.)

경사 거기 서! 서라는 소리 안 들리오? 그쪽으론 못 갑니다.

남자 아, 그런가요? 가난한 놈들은 이래서 사는 게 고달프다니까요. 온 세상이 적대를 하니 말이에요.

경사   당신 누구야?

남자   말씀드리면 저만큼 아는 게 많아지려고요? 하지만 말씀
드리죠. 전 지미 월시라는 소리꾼입니다.

경사   지미 월시? 못 들어 본 이름인데.

남자   그래요? 에니스[1]에선 꽤 알려졌는데요. 에니스에는 가
보셨나요, 경사님?

경사   이곳에는 왜 왔소?

남자   재판 구경 왔습니다. 돌아다니면서 몇 푼 벌어 보려고
요. 판사님들과 같은 기차를 타고 왔죠.

경사   이왕 멀리 왔으니 더 가는 게 좋겠소. 이 구역에 있으면
안 되니까.

남자   그럼요, 그럼요. 가던 길을 가얍죠. (계단 쪽으로 간다.)

경사   이리 돌아와요! 오늘 밤엔 아무도 계단 통행을 못 해요.

남자   그럼 그냥 이 계단 꼭대기에 앉아 기다리죠 뭐. 혹 제 노
래 하나 사 줄 뱃사람이 있을지도 모르니까요. 그래야
저녁 끼니라도 때우죠. 뱃사람들은 늘 느지막이 배를 타
러 나오지 않습니까. 코크[2]에서는 술에 취한 뱃사람들
이 손수레에 실려 부둣가로 내려가는 걸 가끔 봤습니다.

경사   가라지 않소. 오늘 밤에는 아무도 부둣가를 돌아다녀서
는 안 돼요.

남자   그렇다면 뭐, 가겠습니다. 가난한 놈들은 사는 게 고달

프죠! 참 경사님 맘에 드는 노래도 있을 겁니다. 이 노래는 아주 좋은 노래입니다. (악보를 하나 건넨다.) 〈맛 좋은 담배 한 대〉 이건 별로네요. 〈경찰과 염소〉 이것도 별로고. 〈조니 하트〉 이건 좋은 노래입니다.

경사 가시오.

남자 아니, 우선 좀 들어 보세요. (노래를 부른다.)

로스 읍내에 부잣집 농부의 딸이 하나 살았는데

조니 하트라는 스코틀랜드 군인하고 연애를 하자

엄마가 딸에게 말했네 "네가 격자무늬 옷을 입는

스코틀랜드 군인과 결혼하면 나는 미쳐 버릴 거야." [3]

경사 당장 그치지 못해요!

남자는 악보 꾸러미를 싸 들고 천천히 계단 쪽으로 간다.

경사 어딜 가는 거요?

남자 가라고 하지 않았습니까? 가라니까 가는 겁니다.

경사 바보 같은 짓 말아요. 그쪽으로 가라고 하진 않았소. 시내로 돌아가라 했소.

남자 시내로 돌아가라고요?

경사 (남자의 어깨를 붙잡고 떠밀면서) 내가 방향을 가르쳐 주지. 이쪽이오. 어서 가시오. 왜 여기서 얼쩡거리는 거야?

남자 (벽보를 한참 바라보더니 벽보를 가리키면서) 경사님이 무얼 기다리고 계시는지 알겠습니다.

경사   무슨 소리요?

남자   경사님이 지금 기다리고 있는 사람을 제가 잘 알거든요.
       잘 알지요. 그럼 전 이만 갑니다. (천천히 걸음을 옮긴다.)

경사   그 작자를 안다고? 이리 돌아오시오. 어떤 작자요?

남자   돌아오라고요, 경사님? 제가 죽으면 좋겠습니까?

경사   그게 무슨 말이오?

남자   아닙니다. 갑니다. 저라면 상금을 지금의 열 배로 준다
       고 해도 경사님이 하는 일을 못 할 겁니다. (무대 왼쪽으
       로 나가려 한다.) 열 배로 준다고 해도 말입니다.

경사   (황급히 남자를 쫓아가며) 이리 와 보시오. 이리 와 보라니
       까. (남자를 붙잡아 끈다.) 그자가 어떤 자요? 어디서 봤소?

남자   제가 사는 데서 보았죠. 클레어[4]에서 말입니다. 모르긴
       몰라도 경사님도 그자를 보는 게 기분 좋진 않을걸요.
       맞대면하기가 겁날 거란 말입니다. 흉기란 흉기는 다루
       지 못하는 게 없고, 힘으로 말하자면 근육이 이 송판처
       럼 단단해요. (나무통을 찰싹 친다.)

경사   그렇게 위험한 놈이란 말이오?

남자   그럼요.

경사   정말이오?

남자   제가 사는 곳에 어떤 불쌍한 사람이 하나 있었죠. 밸리
       본[5] 출신의 경사였는데, 그자의 돌멩이에 당했어요.

경사 그런 말 들은 적 없는데.

남자 듣지 못했을 겁니다, 경사님. 일어난 일이 다 신문에 나
     는 건 아니니까요. 어떤 사복 경찰 한 사람도 그렇게 당
     했어요……. 리머릭[6]에서 있었던 일인데…… 킬말록[7]
     에서 경찰 막사가 공격당한 다음이었어요……. 바로 지
     금 같은 달밤이었습니다……. 바닷가였고요……. 확실
     하게 알려진 건 없습니다만.

경사 정말이오? 참 무서운 나라요.

남자 정말입니다! 경사님이 거기 서서 저쪽을 감시하고 있는
     데, 그자가 이곳 부둣가 쪽으로 (손으로 가리키며) 다가오
     는가 싶더니, 어느새 느닷없이 이쪽 반대편에서 (손으로
     가리키며) 나타나 경사님을 덮칠지 모른다는 말입니다.

경사 그런 자를 잡으려고 이곳에 경찰 병력을 다 동원한 거
     아니오.

남자 혹 제가 필요하면 이 아래쪽을 지켜봐 드릴까요. 여기
     이 나무통 위에 앉아 지켜봐도 되겠죠?

경사 그자를 잘 아시오?

남자 십 리 밖에서도 알아볼 수 있죠, 경사님.

경사 설마 상금을 나눠 갖고 싶어 그러는 건 아니겠지?

남자 저같이 가난한 떠돌이 소리꾼이 현상금을 받았다는 소
     문이 나서야 되겠습니까? 하지만 제가 필요 없다면야
     ……. 저로선 시내가 더 안전하겠지요.

경사 아니, 여기 있어도 괜찮소.

남자 (나무통 위로 올라가며) 좋습니다, 경사님. 그런데 그렇게 왔다 갔다 하시면 피곤하시지 않나요?

경사 이런 일엔 이력이 났소.

남자 이제부터 고된 일이 시작될 텐데 아직 별일 없을 때 좀 쉬시지요. 이 통 위에 자리가 넉넉합니다. 여기 올라오시면 더 멀리까지 잘 보이고요.

경사 아무래도 그렇겠소. (나무통 위에 올라 남자 곁에 서서 오른쪽 방향을 바라본다. 두 사람은 등을 맞대고 서로 다른 쪽을 보고 있다.) 그런데 당신 말하는 걸 듣고 있자니 좀 이상한 생각이 드는군.

남자 성냥 좀 주세요, 경사님. (경사가 성냥을 건네자 남자가 파이프에 불을 붙인다.) 한 모금 빠시지 그래요? 마음이 가라앉을 겁니다. 제가 불을 드릴 테니 가만 계십시오. 돌아서실 것 없어요. 부두 쪽에선 절대 눈을 떼지 마시고요.

경사 걱정 마시오. 그럴 일 없을 테니. (파이프에 불을 붙인다. 두 사람은 함께 담배를 피운다.) 정말이지 경찰 일이 쉽지 않소. 밤샘 외근을 해도 보상이 없고. 위험한 일은 도맡아 하는데 말이오. 받는 건 쥐꼬리만 하고 사람들에게 얻어먹는 건 욕뿐이오.[8] 그렇다고 명령을 따르지 않을 수도 없고. 위험한 일을 나갈 때 가족이 있는 가장인가 아닌가를 물어보는 사람도 없소.

남자   (노래를 부른다.)

산길을 걸으며 토끼풀 자라는 언덕과 들판을 바라보다가

걸음을 멈추고 웃음 띤 산천의 바위와 개울을 바라보았지

기름진 골짜기 저 아래 노래를 부르는 여인이 눈에 띄었네

그녀는 가련한 그라누에일[9]의 불행을 노래 부르고 있었지

경사   그만두시오. 요즘 같은 시절에 부를 노래가 아니잖소.

남자   아, 경사님. 마음을 다잡으려면 노래라도 불러야죠. 그 자를 생각하면 공연히 주눅이 들어서요. 우리가 여기 앉아 있다는 걸 알고 부둣가로 슬그머니 기어 올라올지도 모르지 않습니까? 우리를 덮치려고 말입니다.

경사   망을 잘 보고 있는 거요?

남자   그럼요. 그것도 무료로 봉사를 하고 있지 않습니까. 저는 바보예요. 하지만 곤경에 빠진 사람을 보면 도와주고 싶어 가만있지 못한다니까요. 왜 그럴까요? 제가 뭔가에 맞아 어디가 이상해진 걸까요? (가슴을 쓰다듬는다.)

경사   (남자의 어깨를 가볍게 두드리면서) 천당에서 복을 받을 거요.

남자   그거야 그렇겠죠, 경사님. 하지만 이승도 소중하거든요.

경사   그래, 노래를 불러 기운이 난다면 불러 보시오.

남자   (노래를 부른다.)

그녀는 머리에 모자도 쓰지 않고

손발이 사슬에 꽁꽁 묶여 있었네

그녀의 구슬픈 노래와 슬픈 통곡이

사나운 저녁 바람과 한데 섞이고

그녀가 부르는 애절한 노래 가사는

나는 늙은 그라누에일

그녀의 달콤한 입술에 군주들 입 맞춰……

경사 가사가 틀렸소. "그녀의 옷자락 새빨간 핏물로 얼룩져" 그렇게 불러야 맞아요. 그 대목을 빠뜨렸단 말이오.

남자 맞아요, 경사님. 그게 맞습니다. 제가 빠뜨렸어요. (그 대목을 다시 부른다.) 그런데 경사님 같은 분이 이런 노래를 다 아시다니요.[10]

경사 좋아하지 않는 걸 많이 알아 무슨 소용이요.

남자 그러고 보니 경사님도 젊었을 적에는 동네 담장 같은 데 걸터앉아 노는 걸 좋아하셨을 것 같군요. 지금 이 나무통 위에 앉아 계신 것처럼 말입니다. 아마 친구들이랑 어울려 앉아 〈그라누에일〉을 불렀을 거고요.

경사 그땐 그랬지.

남자 〈불쌍한 여인〉[11]도 부르고…….

경사 그랬소.

남자 〈바닷가 봉우리의 푸른 풀밭〉은요?

경사 그것도 자주 부르던 노래 가운데 하나였고.

남자 경사님이 오늘 밤에 잡으려는 그자도 어쩌면 젊었을 적에는 담장 위에 앉아 그런 노래를 불렀을걸요. 참 희한한 세상이에요…….

경사　쉿! …… 뭔가 오는 것 같아……. 아니, 강아지로군.

남자　참 희한한 세상 아닙니까? …… 경사님이 오늘이나 내일 체포하여 법정에 세울 그자도 어쩌면 그때 경사님과 함께 노래 부르던 소년 가운데 한 사람일지도 모르니까요…….

경사　그럴지도 모르지.

남자　그리고 어쩌면 어느 날 밤, 다 함께 노래를 부르고 난 뒤에 친구들이 경사님에게 무슨 계획을 털어놓았을지도 모르지요. 그러니까 이 나라를 해방시킬 무슨 계획 같은 거 말이에요. 어쩌면 경사님도 그 계획에 동참하지 않았을까요……. 그랬다면 경사님은 지금 곤경에 빠져 있을지도 모르겠군요.

경사　그야, 사람 일을 어찌 알겠소? 그 시절엔 나도 혈기 왕성한 젊은이였으니까.

남자　참 세상 희한하죠, 경사님. 이 세상 어느 부모도 제 자식이 방바닥을 기어 다닐 때는 그 아이가 어떤 사람이 될지 전혀 짐작하지 못해요. 제 자식이 인생을 다 살기 전까지는 말입니다. 누가 나중에 어떤 사람이 될지 전혀 몰라요.

경사　별난 생각이지만 틀린 말은 아니오. 가만, 생각해 봅시다……. 내게 아직 분별이 없고, 보살필 아내와 가족도 없고, 내가 경찰에 지원하지도 않았다면 지금쯤 어찌 되

었을까. 나도 탈옥범이 되어 어둠 속에 숨어 있을지 모
르지. 그리고 지금 어둠 속에 숨어 있는 그 탈옥범이 바
로 지금 이 나무통 위에 앉아 있을지 몰라……. 내가 지
금 그자를 피해 숨어 다니고 있을지도 모른단 말이야.
그자가 법을 지키는 사람이 되어 있고 내가 범죄자가
되어 있을지도 모른다고. 내가 혹시 그자의 머리에 총알
을 박으려고 할지도 모르지. 아니면 당신 말대로 그자처
럼 돌멩이를 집어 들어…… 아니 나라면…… 오! (숨을
헐떡인다. 잠시 뒤) 저거 뭐야? (남자의 팔을 움켜쥔다.)

남자   (통에서 펄쩍 뛰어내려 바다 쪽을 내다보며 귀를 기울인다.) 아
무것도 아니에요, 경사님.

경사   배가 아닌가 싶었는데. 그자의 패거리가 배를 가지고 부
둣가로 접근할지 모른다고 생각했거든.

남자   경사님, 제 생각엔 경사님도 젊었을 땐 동포들 편이지
법의 편은 아니었을 것 같은데요.

경사   글쎄, 그랬다면 그땐 분별이 없었던 거지. 그런 시절은
지났소.

남자   혹시 말입니다, 경사님. 지금은 그런 가죽띠를 차고 그
런 제복을 입고 계시지만 가끔은 그라누에일을 따랐으
면 좋았을지도 모른다는 생각을 하지 않나요?

경사   내가 뭘 생각하든 당신이 알 필요는 없소.

남자   혹시 모르지요. 경사님도 이 나라 편일지.

경사   (통에서 내려오며) 내게 그런 식으로 말하지 마시오. 내겐
        주어진 의무가 있고, 그 의무가 뭔지 알고 있으니까. (주
        위를 둘러본다.) 배가 맞았어. 노 젓는 소리가 들려. (계단
        쪽으로 가서 아래를 내려다본다.)

남자   (노래를 부른다.)

        오, 숀 오패럴 말해 줘

        어디서 만나면 되는지

        우리가 자주 만났던

        강가 그곳 그 자리지!

경사   그쳐! 당장 그치지 못해!

남자   (더 크게 부른다.)

        동지여, 휘파람을 불어

        내게 신호를 주게

        둥근 달이 떠오를 때

        창을 들고 부르는 행진곡을!

경사   당장 그치지 않으면 체포하겠소. (아래쪽에서 휘파람 소리
        가 들려오더니, 같은 곡을 부른다.)

경사   신호로군. (계단을 가로막고 선다.) 이곳을 통과하지 못해!
        …… 뒤로 물러서요! …… 당신 누구야? 소리꾼이 아니
        지!

남자   굳이 물어볼 필요 있겠소? 저 벽보를 보면 알 텐데. (벽
        보를 가리킨다.)

경사   내가 찾고 있는 자로군.

남자   (모자와 가발을 벗는다. 경사가 그것들을 낚아챈다.) 그렇소. 내 목에 백 파운드가 걸려 있지. 저 아래 내 동지가 배에서 기다리고 있소. 그 친구가 나를 안전한 곳으로 데려다줄 거요.

경사   (모자와 가발에서 눈을 떼지 못한 채) 이게 뭐야, 창피하게. 속고 말다니. 깜빡 속고 말았어.

남자   나는 그라누에일의 친구요. 내 목에 백 파운드가 걸려 있지.

경사   이게 뭐야, 이게 무슨 꼴이야!

남자   보내 줄 거요, 아니면 보내 주도록 만들까?

경사   난 경찰이오. 보내 줄 수 없어.

남자   나는 말로 해결하고 싶었는데……. (가슴에 손을 갖다 댄다.) 저건 뭐야?

(무대 바깥에서 경찰 1의 목소리가 들려온다.) 여기야. 경사님 계시는 데가.

경사   동료들이 오고 있소.

남자   날 배신하진 않으시겠지……, 그라누에일의 친구를! (나무통 뒤로 숨는다.)

(경찰 2의 목소리) 저게 마지막 벽보야.

경찰 1 (등장하면서) 그자가 탈출에 성공하면, 소문을 막기는 어려울걸.

경사가 모자와 가발을 등 뒤로 숨긴다.

경찰 2 경사님, 이쪽으로 지나간 자는 없었습니까?

경사 없었네.

경찰 2 아무도요?

경사 아무도 없었어.

경찰 2 귀대 명령은 아직 없었습니다. 저희도 경사님과 함께 경계를 서도록 하겠습니다.

경사 괜찮아. 여기선 자네들이 할 일이 없네.

경찰 2 저희더러 이곳으로 돌아와서 함께 경계를 서야 한다고 하시지 않았습니까.

경사 그냥 혼자가 낫겠네. 누가 이리로 올지도 모르는데, 자네들 마냥 그렇게 떠들고 있을 텐가? 이곳에서 다른 소리를 내지 않으려면 혼자가 더 낫네.

경찰 2 그럼, 어떻든 손전등은 드리고 가겠습니다. (손전등을 건넨다.)

경사 필요 없네. 가져가게.

경찰2   필요할 겁니다. 구름이 몰려오고 있으니, 사방이 깜깜해
        지고 나면 아무것도 안 보일 테니까요. 여기 통 위에다
        놓고 가겠습니다. (나무통 쪽으로 간다.)

경사   가지고 가라니까. 잔말이 많군.

경찰2   아니, 손전등을 가지고 계시면 마음이 좀 놓이실 텐데
        요. 저는 가끔 이걸 손에 쥐고 있으면 이런 생각이 들거
        든요. 이리저리 휘둘러 깜깜한 구석들을 비추고 있노라
        면 (손전등을 이리저리 비추면서) 제가 꼭 우리 집의 화롯가
        에 있다는 느낌이 들거든요. 장작개비 조각들이 이따금
        빨갛게 불길을 내며 타오르는 화롯가 말입니다. (손전등
        을 휘둘러 나무통을 비추기도 하고, 경사를 비추기도 한다.)

경사   (화를 버럭 내며) 자네들, 당장 가지 못하겠나! 손전등도
        가져가!

두 사람 퇴장한다. 남자가 나무통 뒤에서 나온다. 남자와 경사가 서로 마주
보고 선다.

경사   무엇을 기다리고 있나?

남자   그야 내 모자와 가발을 기다리죠. 설마 내가 얼어 죽기
        를 바라는 건 아니겠죠? (경사가 모자와 가발을 건네준다.)

남자   (계단 쪽으로 걸어가며) 그럼, 안녕히 계시오, 동지. 고맙소.
        경사님이 오늘 밤 내게 좋은 일을 하셨소. 내가 빚을 졌

소이다. 작은 것이 일어나고 큰 것이 지게 되면 나도 당
신에게 빚을 갚을 수 있을 것이오……. 달이 떠서 우리
의 자리가 서로 바뀌게 되면 말입니다. (손을 흔들고 사라
진다.)

경사 (관객 쪽으로 등을 돌리고 벽보를 읽으면서) 현상금이 백 파운
드야! 백 파운드라고! (돌아서 관객을 향해) 알 수가 없습
니다. 제가 결국 멍청한 짓을 하고 만 건가요?

옮긴이 주

1) 에니스(Ennis) : 아일랜드의 클레어 주의 수도.

2) 코크(Cork) : 아일랜드의 코크 주의 수도. 아일랜드에서 두 번째로 큰 도시.

3) 아일랜드 사람들은 스코틀랜드 군인들을 미워했다. 스코틀랜드가 적국인 잉글랜드와 가
까웠기 때문이다. 격자무늬 옷이란 스코틀랜드 사람들이 입는 바둑판처럼 가로세로로 줄무
늬가 있는 옷을 말한다.

4) 클레어(County Clare) : 아일랜드 남서부 지방에 있는 주 이름.

5) 밸리본(Ballyvaughan) : 아일랜드의 클레어 주에 있는 조그만 어촌.

6) 리머릭(Limerick) : 아일랜드 리머릭 주의 수도. 아일랜드에서는 세 번째로 큰 도시.

7) 킬말록(Kilmallock) : 아일랜드의 리머릭 주에 있는 소도시.

8) 경사는 아일랜드인이지만 영국 경찰이 되어 아일랜드인을 대상으로 법 집행을 하고 있
다. 그러다 보니 자신의 동족인 아일랜드인으로부터 비난을 받고 있다.

9) 그라누에일(Granuaile) : 원래 16세기에 아일랜드의 바다를 주름잡았던 유명한 여자 해적
의 이름. 후세의 시인과 소설가들이 상상력을 동원하여 그녀를 바탕으로 한 여러 이야기
들을 지어 내어 그녀는 아일랜드 사람들이 숭앙하는 전설적인 인물이 되었다. 한때 영국
이 아일랜드라는 나라 이름을 부르는 것을 금지했을 때 아일랜드 애국자들은 그라누에
일을 아일랜드를 지칭하는 말로 사용하기도 했다. 이 작품에 등장하는 그라누에일에 관

한 노래는 영국이 지배하던 시대에는 금기시되던 노래였다. 노래 제목도 '그라누에일'이
었다.

10) 남자는 영국 경찰이 영국에 저항하는 노래를 알고 있다는 사실에 놀란다.

11) 1798년의 아일랜드 독립운동 때부터 불렀던 아일랜드의 전통 민요. 노래 제목 '불쌍한 여
인'은 그라누에일 혹은 아일랜드를 암시한다.

레이디 I. A. 그레고리 (1852-1933) ···

아일랜드의 극작가이자 민속학자. 기사 작위를 받은 사람과 결혼하여 이름 앞에 '레이
디'가 붙었으며, 이름을 줄여 '레이디 그레고리'라고 부른다. 아일랜드의 전통에 관심을
가지면서 시인 예이츠와 절친한 친구 사이가 되었다. 두 사람은 아일랜드의 문화적 전
통을 보존하고 새롭게 하는 데 힘을 쏟아 아일랜드 문예 부흥을 이끌어 내었다. 주요 작
품으로는 희곡 〈소식 전하기〉, 〈구빈원〉 등이 있다.

1 경사는 마음속에 깃들어 있는 민족의식과 경찰로서 수행해야 할 의무 사이에서 갈등합니다. 경사가 남자의 탈출을 도와준 것은 잘한 일일까요?

2 경사는 남자의 탈출을 도움으로써 법을 어기고 있습니다. 어떤 명분을 위해서라면 법을 어길 수도 있을까요?

3 이 작품에서 사용되고 있는 중요한 수법은 서스펜스 수법입니다. 서스펜스는 사건이 어떻게 전개되어 갈지 궁금할 때 발생하는데, 이 작품은 어느 대목에서 특히 강한 서스펜스를 느낄 수 있나요?

4 이 작품에서 사용되고 있는 두 가지 중요한 장치는 '노래'와 '달밤 (또는 달빛)'이라고 할 수 있습니다. 이 작품에서 노래와 달밤(또는 달빛)은 어떤 구실을 할까요? 또 달이 상징하는 것은 무엇일까요?

5 우리나라가 일본의 식민지였던 시절에도 이와 비슷한 일이 벌어졌을 수 있습니다. 이 작품에 나오는 경사와 남자를 일제 강점 시기에 경찰이 된 한국인과 탈옥한 독립운동가라고 바꾸어 생각해 보세요.

도망자와 수사관이 쫓고 쫓기는 이야기는 많은 드라마와 영화의 소재가 되고 있습니다. 도망자가 과연 도망에 성공할 수 있을까, 수사관은 과연 도망자를 붙잡을 수 있을까 하는 궁금증이 긴장을 일으킵니다. 도망자가 악당일 경우에 독자와 관객은 당연히 수사관과 한마음이 되지만, 도망자가 억울한 누명을 쓰고 쫓기는 사람일 때에는 그 사람이 잡히지 않길 바랍니다.

식민지 시대 독립 투쟁의 성격

이 작품에 나오는 탈옥범은 그냥 흉악한 범죄자라고 볼 수는 없습니다. 그가 저지른 범죄는 민족의 독립을 위한 투쟁 과정에서 일어난 일로 보입니다. 그러니까 우리나라가 일본의 지배를 받던 시대에 우리 독립군이 일본군이나 일본 경찰을 상대로 벌인 싸움과 비슷한 일이었을 것입니다. 안중근 의사가 일본의 요인을 저격한 일과 비슷한 일일지도 모르겠습니다. 물론 일본으로서는 안중근 의사가 저지른 일이 용납할 수 없는 범죄 행위였겠지요. 이 작품의 배경이 되고 있는 아일랜드에서도 사정은 같았습니다. 그런데 이 작품에서 미묘한 상황은 탈옥범을 잡으려는 경사가 탈옥범과 동족이라는 점입니다. 경사는 아일랜드 사람으로서 영국의 경찰이고, 아일랜드를 위해 싸우고 있는 탈옥범은 동족에게 쫓기는 신세입니다.

쫓기는 자와 쫓는 자의 대결

이 작품의 재미는 도망자와 경찰이 정면으로 맞닥뜨린 상황을 보여 주는 데 있습니다. 도망자는 달아나야 하고 경찰은 잡아야 합니다. 양보할 수 없는 대결 상황입니다. 도망자에게는 목숨이 걸린 일이고, 경사에게는 자신의 의무와 가족의 삶이 걸린 일입니다. 그런데 독자나 관객의 마음은 어쩐지 경사에게보다는 탈옥범이 어떻게 이 위기를 극복할 것인가에 더 쏠리게 됩니다. 이

상황에서 탈옥범은 명분이 있는 행위로 쫓기는 사람이고, 도망자라는 약자의 위치에 있기 때문입니다. 이 작품의 주된 흥미는 탈옥범이 어떻게 위기를 넘길 것인가 하는 서스펜스에서 나온다고 할 수 있습니다.

탈옥범은 영리한 사람입니다. 그가 자기를 체포하려고 벼르는 경사의 마음을 움직이는 과정을 눈여겨보기 바랍니다. 그는 먼저 슬픈 연인들의 노래를 불러 긴장된 상황을 애절한 분위기로 바꿈과 동시에 동시에 경사로 하여금 자기가 진짜 소리꾼임을 믿게 합니다. 그러고 나서 자기가 탈옥범을 안다고 함으로써 경사가 자기를 붙잡아 놓게 합니다. 그리고 수배된 범인이 아주 무서운 사람이라는 인상을 심어 줍니다. 경사가 겁을 내고 자기의 도움을 필요로 하도록 느끼게 만든 것입니다. 통 위에 서로 등을 대고 앉는 것도 경사가 벽보를 보지 못하게 하려는 그의 꾀입니다. 그러고는 무서워서 노래를 부르겠다고 하고 허락을 얻어 정치적으로 예민한 가사가 들어 있는 노래를 부릅니다. 경사도 그 노래를 알고 있다는 것을 확인하려는 것입니다. 탈옥범은 경사도 아일랜드 사람이라 마음속으로는 영국의 지배를 미워하고 동족을 아끼는 마음이 있다는 것을 압니다. 그래서 경사의 어린 시절 기억을 일깨우고 그도 어쩌면 자신의 동족을 위해 투쟁하는 사람이 되었을지도 모른다는 가정을 받아들이게 합니다. 결국 경사는 탈옥범이 친 올가미에 걸려들게 되지요. 그러던 중 탈옥범을 구하러 오는 배가 도착하자 경사는 갑자기 정신이 들어 자신이 경찰이라는 사실을 깨닫습니다. 부하들이 돌아왔을 때 경사는 선택의 기로에 서게 됩니다. 이 작품에서 가장 긴장되는 부분(클라이맥스)이라고 할 수 있겠습니다. 우리는 이 대목에서 결말이 어떻게 날까 손에 땀을 쥐게 됩니다. 여러분은 이 작품을 읽을 때 경사가 어떤 선택을 하리라고 예상했나요? 경사는 부하들을 돌려보내고 탈옥범을 보호해 줍니다. 그 때문에 그는 돈도 잃고, 승진도 못 하게 되고, 그래서 가장의 노릇도 못 하게 됩니다. 경사는 자신의 선택이 잘한 것인지 의심이 됩니다. 마지막 부분에서 그는 멍청한 짓을 했다고 탄식을 합니다. 우리는 탈옥범의 기지와 영리함에 감탄을 하고 그가 무사하다는 데 안도감을 느끼면서도 동시에 직업과 가족에 대한 의무감과 민족의 독립이라는 두 가지 명분 사이에서 갈등하는 경사의 마음에도 연민을 느낍니다.

두 가지 가치의 갈등

사람의 선택 가운데 가장 괴로운 선택은 두 가지 좋은 가치 가운데 한 가지를 버리고 한 가지를 택해야 할 때라고 합니다. 전쟁이 났습니다. 나라를 구하러 나가자니 늙으신 부모를 부양할 사람이 없습니다. 부모를 돌보자니 나라를 빼앗기게 생겼습니다. 어떤 사람을 사랑하는데 부모가 반대합니다. 부모를 따르자니 사랑하는 사람과 이별해야 하고, 사랑하는 사람과 결혼하려면 부모의 뜻을 거역해야 합니다. 이 작품에서 경사와 탈옥범은 두 가지 가치의 갈등을 비유적으로 보여 주는 인물이라고 볼 수 있습니다.

경사가 영국을 좋아해서 경찰이 된 것은 아닌 듯합니다. 먹고살려고 직업을 찾다가 경찰이 된 것 같습니다. 탈옥범을 꼭 잡으려는 것도 가족을 위해 현상금이 필요하기 때문이라는 것을 짐작할 수 있습니다. 물론 그것만은 아닙니다. 그는 경찰에 몸담고 있는 이상 자신의 직분과 의무에 충실한 것이 도리라고 생각하고 있습니다. 하지만 탈옥범이 자기 나라의 독립을 위해 싸운 사람이라는 것이 꺼림칙합니다. 경사의 마음 한구석에도 자기 민족의 독립을 원하는 마음이 있기 때문입니다. 다만 그는 무장투쟁을 통해 영국과 싸우는 길을 선택하지 않았을 뿐입니다. 그는 무기를 들고 싸우지 않고도 독립을 향해 나아가는 길이 있다고 믿었을지 모릅니다. 아니면 당장 먹고사는 일이 급해 다른 것은 생각해 보지 못했을지도 모르겠군요.

민족의 얼이 깃든 노래와 달의 상징

이 작품에는 극의 전개와 의미에 중요한 구실을 하는 두 가지 장치가 있습니다. '노래'와 '달빛'이 그것입니다. 탈옥범이 부르는 노래들은 민족의 얼과 소망을 표현하고 있습니다. 그래서 그는 동족이라면 누구나 다 알고 있을 민요를 불러 경사가 잊으려고 애쓰고 있던 민족의 정서에 호소합니다. 경찰에 몸담고 있는 경사로서는 그 노래들을 듣는 일이 괴로울 수밖에 없습니다. 하지만 경사는 결국 소년 시절의 열정을 일깨우는 동족의 노래에 마음이 흔들리고 맙니다. 그 노래들이 자신의 직업윤리보다 더 깊고 오래된 동족에 대한 사랑을 일깨우고 동족끼리 있을 때의 편안함을 느끼게 해 주었다고 할 수 있습니다.

또 한 가지는 달빛입니다. 〈달이 떠오르면〉은 이 작품에서 탈옥범과 그의 동지들 사이의 신호로 사용된 노래지만, 아일랜드의 무장봉기를 노래하는 혁명가요이기도 합니다. 마지막 부분에서 탈옥범은 경사에게 "작은 것이 떠오르고 큰 것이 질 때"에 대해 이야기하는데, 이때 큰 것은 해이고 작은 것은 달일수 있습니다. 그리고 그것들은 각각 영국과 아일랜드를 상징할 수 있습니다. 아일랜드 사람들은 이 작품이 처음 공연된 뒤로 15년이나 더 영국의 통치 아래 신음하다가 1921년이 되어서야 그토록 기다렸던 독립을 맞이할 수 있었습니다. 우리나라 사람들이 이 작품에 공감할 수 있다면 그것은 일본의 식민 통치를 받았던 35년 동안의 아픈 경험 때문인지도 모르겠습니다.

날아다니는 의사 - 희극

Le Medecin Volant: comédie

몰리에르(Molière)

이 작품의 부제에는 '희극(comédie)'이라는 장르 이름이 붙어 있습니다. 희극이란 전통적으로 이야기의 주인공들이 여러 어려움을 겪다가 마침내 그 어려움을 이겨 내고 행복한 결말(happy-ending)에 이르는 극을 말합니다. 희극에서 많이 다루는 이야기는 단연 젊은 사람들의 사랑이지요. 사랑하는 젊은 남녀가 부모의 반대나 얄궂은 운명 때문에 곤경에 빠지지만 주변의 도움으로 문제를 해결하고 결혼에 성공하게 된다는 것이 전통적인 희극의 주된 내용이었습니다. 오늘날에는 웃기는 내용이 많이 들어 있어야 희극(또는 코미디)이라고 부르지만 예전에는 결말이 행복하기만 하면 다 희극이라고 불렀습니다. 물론 결말도 행복하면서 웃기는 것을 주된 목적으로 삼는 희극도 있었습니다. 그런 희극들은 '웃기는 극'이라고 해서 따로 '소극(笑劇)'이라고 부릅니다. 이것들은 오늘날 우리가 코미디라고 부르는 것과 비슷합니다.

이 작품은 희극 가운데에도 소극에 속합니다. 서양의 소극에는 전형적인 인물들이 등장합니다. 구두쇠 노인네, 영리하고 장난스러운 하인, 허풍선이 군인, 잘난 체하는 박사, 사랑에 빠진 젊은 남녀 등입니다. 이 작품에도 이러한 인물들이 등장하는데 그 가운데에서도 가장 중요한 인물은 하인 역의 스가나렐입니다. 스가나렐이 극중에서 어떤 역할을 하고, 어떤 흥미로운 이야기들을 펼쳐 나가는지 감상해 봅시다.

나오는 사람들

발레르 : 뤼실의 애인

사빈느 : 뤼실의 사촌 여동생

스가나렐 : 발레르의 하인

고르지뷔스 : 뤼실의 아버지

그로−르네 : 고르지뷔스의 하인

뤼실 : 고르지뷔스의 딸

변호사

1장 발레르, 사빈느

발레르　　사빈느, 나한테 무슨 충고를 하려는 건데?

사빈느　　정말 할 말이 많아요. 고르지뷔스 숙부님은 뤼실 언니를 빌브르캥 영감과 결혼시키려고 해요. 일이 빨리 진행되는 걸 보니 오늘이라도 결혼식을 치르게 할 것 같아요. 당신이 뤼실 언니를 사랑하지 않는다면 말이에요. 언니는 내게 당신을 사랑한다고 말했어요. 그런데 구두쇠 같은 숙부님 때문에 우리가 죽을 지경이에요. 이 결혼식을 늦추려고 온갖 꾀를 다 내고 있으니까요. 언니가 아픈 척하며 누워 버리자, 숙부님이 저한테 의사를 불러오라고 시켰어요. 숙부님은 사람을 잘 믿거든요. 혹 친구 분 중에 우리 편이 될 만한 의사가 없을까요? 그분이 와서 언니한테 바람을 쐬는 게 좋다고 말해 주면 좋으련만. 물론 우리 집 정원 안쪽에 있는 별채에서 쉬는 게 좋겠다고 말해야 하고요. 그러면 숙부님 몰래 당신과 언니가 만날 수 있고 결혼할 수도 있잖아요. 숙부님이야 빌브르캥 영감하고 툴툴거리든 말든 놔두고요.

발레르   그렇지만 무슨 수로 내 편이 될 의사를 당장 찾을 수 있겠니? 그런 사람을 찾는다 해도 날 위해 위험을 무릅쓸 사람이 어디 있겠어? 솔직히 말해 난 아는 의사가 한 명도 없어.

사빈느   좋은 생각이 있어요. 당신 하인을 의사로 변장시키면 어떨까요? 숙부님을 속일 수 있는 가장 좋은 방법이에요.

발레르   그놈은 미련해서 모든 걸 다 망칠지도 몰라. 그래도 다른 방법이 없으니, 그놈을 이용할 수밖에. 자, 그럼 난 녀석을 찾으러 갈게. 근데 이 녀석을 당장 어디서 찾지? 어, 마침 저기 있네.

2장 발레르, 스가나렐

발레르 아! 스가나렐, 때마침 보니까 더 반갑네! 중요한 일로 자네 도움이 필요해. 근데 자네가 할 수 있을지 모르겠단 말이야.

스가나렐 제가 할 줄 아는 거요? 중요한 일이든 뭐든 시켜 보세요. 시곗바늘이 몇 시를 가리키는지 보고 오라든지, 버터값은 얼마인지 알아보라든지, 말한테 물을 먹이라든지 무엇이든 말입니다. 그러면 제가 뭘 할 줄 아는지 알게 될 텐데요.

발레르 그런 일이 아니야. 의사 노릇을 해야 해.

스가나렐 의사 노릇이요? 제가요? 도련님, 도련님이 원하는 건 뭐든지 하겠지만 의사라니요! 대체 어떻게 한단 말인가요? 맙소사! 저를 놀리는 거지요?

발레르 자네가 그 일을 해 준다면 10피스톨[1]을 주지.

스가네렐 와우! 10피스톨이라면 해 볼 만하죠. 그렇지만 도련님도 아시다시피 솔직히 제가 그다지 영리한 편은 아니잖아요. 어쨌거나 제가 의사 노릇을 하게 되면 어딜 가서 해야 합니까?

발레르 고르지뷔스 영감 집에 가서 병석에 누워 있는 딸을 진찰하면 되네. 그나저나 자네가 워낙 미련해서 일을 성사시키는 게 아니라 오히려…….

스가나렐　　아이고 도련님, 그런 걱정일랑 붙들어 매십시오. 사람 하나 죽이는 일이라면 이 도시의 어떤 의사보다 잘할 수 있으니까요. 사후약방문[2]이란 말이 있지만 이놈이 끼어들면 약방문사후[3]가 될걸요. 어쨌든 의사 노릇은 어려운 일이죠. 제대로 못 하면 큰일이고요.

발레르　　왕진만큼 쉬운 건 없어. 고르지뷔스는 단순하고 무식한 사람이라 자네가 히포크라테스[4]나 갈레노스[5] 같은 이름을 자신 있게 대기만 하면 금방 넘어갈 거야.

스가나렐　　그러니까 그 영감탱이한테 철학과 수학을 이야기하란 말이군요. 알았어요. 그 영감이 다루기 쉬운 사람이라면 제가 모든 걸 책임지겠습니다. 가서 의사 가운이나 구해 오시고, 제가 할 일을 말해 주시죠. 아, 참! 의사 면허증도 주세요. 약속하신 10피스톨요.

3장 고르지뷔스, 그로-르네

고르지뷔스　　어서 가서 의사를 불러오게. 딸아이가 아프니 서두르게나.

그로-르네　　따님을 왜 늙은 영감한테 시집보내려고 하세요? 젠장, 아가씨가 사랑하는 청년과 결혼하고 싶어 저러

시는 걸 정말 모르십니까? 그 때문에 병이 난 걸 아
셔야죠. (횡설수설)

고르지뷔스   빨리 가지 못하겠느냐? 이놈의 병 때문에 결혼이 늦
춰지겠어.

그로-르네   저도 그것 때문에 화가 난다고요. 맛있는 음식으로
배를 불룩하게 채우려 했는데 다 틀렸지 않습니까.
아가씨만이 아니라 저를 위해서라도 의사를 찾으러
갈 겁니다. 저야말로 유감입죠.

4장 사빈느, 고르지뷔스, 스가나렐

사빈느   숙부님, 좋은 소식이에요. 세상에서 가장 유능한 의
사를 모셔 왔어요. 외국에서 오신 분인데, 도무지 알
수 없는 병도 꿰뚫고 있다고 하시니 언니의 병을 틀
림없이 고칠 수 있을 거예요. 운 좋게도 사람들이 추
천해 주었어요. 얼마나 용한지 저도 병이 나고 싶을
정도라니까요.

고르지뷔스   어디 계시는데?

사빈느   뒤따라오세요. 자, 이분이세요.

고르지뷔스   아이고, 유능하신 의사 선생님이 이 누추한 곳까지
오시다니요! 선생님 제발 제 딸의 병을 고쳐 주십시

오. 선생님만 믿겠습니다.

스가나렐   히포크라테스가 말하고, 갈레노스가 예리한 판단력으로 단언하건데 아픈 사람은 누구나 건강하지 못하니라. 저만 믿으신다니 잘 생각하셨습니다. 저야말로 식물, 감각, 광물 분야에서 가장 위대하고, 가장 유능하며, 가장 박식한 의사니까요.

고르지뷔스   영광일 따름입니다.

스가나렐   저를 그저 평범한 의사로 생각하지 마세요. 저에 비하면 다른 의사들은 모두 의학의 팔삭둥이들이죠. 저한텐 특별한 재능과 비법이 있어요. 살라말렉! 살라말렉![6] 로드리그, 너에게도 용기가 있느냐?[7] 시뇨르, 씨, 세뇨르, 농. 페르 옴니아 세쿨라 세쿨로룸.[8] 어쨌거나 어디 한번 봅시다.

사빈느   저어, 환자는 이분이 아니라 따님인데요.

스가나렐   상관없어요. 딸은 아버지 피를 물려받았으니까요. 고로 아버지 피를 뽑아 보면 따님 병을 알 수 있어요. 어르신, 환자 소변을 좀 볼 수 있을까요?

고르지뷔스   그러시죠. 사빈느야, 언니의 소변을 받아 오너라. 의사 선생님, 딸아이가 죽을까 봐 겁이 납니다.

스가나렐   아, 죽지 않도록 조심해야지요! 의사 처방 없이 맘대로 죽으면 안 되지요. 소변을 보아 하니 장기에 열이 많고 염증도 심하군요. 하지만 그리 나쁜 상태는 아닙니다.

고르지뷔스 아니, 선생님 그걸 마십니까?

스가나렐 놀라지 마세요. 보통 의사들은 소변을 보기만 하지만 뛰어난 의사인 저는 마신답니다. 맛을 통해 병의 원인과 결과를 알 수 있으니까요. 그런데 솔직히 말해 소변의 양이 너무 적어 정확한 판단을 할 수가 없어요. 가서 소변을 더 보라고 하세요.

사빈느 그것도 겨우 받아 왔는데요?

스가나렐 뭐라고요? 문제가 바로 그거예요! 가서 소변을 많이 많이 보라고 하세요! 환자들이 모두 이런 식으로 소변을 보면 평생 의사 노릇 해도 좋겠군요.

사빈느 이게 전부래요. 더 이상은 어렵대요.

스가나렐 뭐요? 어르신, 따님의 오줌이 겨우 몇 방울밖에 되지 않는군요! 소변에 문제가 있어요. 따님한테 이뇨제를 처방해야겠어요. 환자를 좀 볼 수 없을까요?

사빈느 환자가 일어났어요. 원하신다면 내려오라고 할게요.

5장 뤼실, 사빈느, 고르지뷔스, 스가나렐

스가나렐 으음, 아가씨, 어디가 아프십니까?

뤼실 예, 선생님.

스가나렐	안됐군요! 그건 건강이 안 좋다는 표시입니다. 머리와 허리가 많이 아픕니까?
뤼실	예, 선생님.
스가나렐	거 참 잘됐군요. 이 위대한 의사는 동물의 본성을 다룬 장에서 좋은 말을 수도 없이 했죠. 즉, 연관이 있는 기질들 간에는 관계가 많지요. 예를 들어 흑담즙은 기쁨의 적이고, 몸 안에 흐르는 담즙은 사람을 누렇게 하고, 에, 또 질병만큼 건강에 해로운 것이 없으므로, 이 위대한 의사의 말씀에 따라 댁의 따님은 많이 아프다고 할 수 있습니다. 처방전을 써 드리지요.
고르지뷔스	탁자와 종이와 잉크를 빨리 가져오너라.
스가나렐	혹시 글 쓸 줄 아는 분이 여기 있습니까?
고르지뷔스	그럼 선생님은 글을 쓸 줄 모르십니까?
스가나렐	아! 기억이 나지 않아서요. 머릿속이 하도 복잡해서 절반은 잊어버린답니다. 따님은 시골에 가서 바람을 좀 쐬면서 기분 전환을 할 필요가 있어요.
고르지뷔스	저희 집엔 아주 아름다운 정원과 별채가 있고, 거기엔 방이 몇 개나 있지요. 선생님께서 좋다고만 하시면 딸애를 거기서 지내게 하면 돼요.
스가나렐	자, 그럼 거기로 가 봅시다.

6장 변호사

변호사   고르지뷔스 영감의 딸이 아프다고 들었는데, 상태가 어떤지 가 봐야겠군. 친구로서 도울 일이 있으면 도와줘야지. 어이! 어이! 고르지뷔스 영감 계신가?

7장 고르지뷔스, 변호사

고르지뷔스   아이고 반갑네. 어서 오시게나.

변호사   따님이 병이 났다는 소식을 듣고 걱정이 돼서 왔다네. 내가 할 수 있는 일이면 뭐든지 돕겠네.

고르지뷔스   지금까지 아주 박식한 분과 이야기하고 있었네.

변호사   그 사람을 잠시 볼 수 있을까?

8장 고르지뷔스, 변호사, 스가나렐

고르지뷔스   선생님, 학식이 높은 제 친구가 선생님과 얘기를 나누고 싶어 합니다.

스가나렐   노닥거릴 시간이 없어요. 환자를 보러 가야 하거든요. 저는 영광스런 자리에 앉고 싶지 않답니다.

변호사	선생님, 이 친구한테서 선생님의 덕망과 학식에 대한 얘기를 듣고 꼭 한 번 만나 인사드리고 싶었습니다. 그래서 이렇게 실례를 무릅쓰고 왔습니다. 불쾌하게 생각하지 않으시면 좋겠어요. 학문에 뛰어난 분들은 크게 칭송받아 마땅합니다. 의사 선생님들은 더욱더 그렇지요. 학문의 유용성을 봐도 그렇고요. 또 의학은 다른 학문들을 포함하는 학문이라 완벽하게 이해하기란 정말 어렵지요. 그러므로 히포크라테스의 금언 첫 항목에서 이런 말을 하는 건 당연하지요. 비타 브레비스, 아르스 베로 롱가, 오카지오 아우템 프라에세프스, 엑스페리멘툼 페리쿨로숨, 주디키움 디피킬.[9]
스가나렐	(고르지뷔스에게) 피킬 탄티나 포타 바릴 캄부스티부스.[10]
변호사	선생님은 이론보다는 실천을 중요하게 여기시는군요. 엑스페리엔티아 마지스트라 레룸.[11] 최초의 의사들은 훌륭한 기술을 가져서 사람들로부터 존경을 많이 받았어요. 그들이 날마다 펼치는 치료 덕분에 그들은 신이나 다름없는 존재였지요. 그렇다고 환자를 치료하지 못하는 의사를 멸시해야 한다는 얘긴 아닙니다. 어차피 건강이란 게 의사의 처방이나 학식에만 달려 있는 게 아니니까요. 인테르둠 독타 플루스

발레트 아르테 말롬.[12] 선생님을 귀찮게 한 것 같군요. 언제 시간을 내서 좀 더 오랜 시간 이야기할 수 있으면 좋겠습니다. 귀한 시간을 빼앗아 죄송합니다. (퇴장한다.)

고르지뷔스 저 친구 어떻습니까?

스가나렐 아는 게 별로 없는 사람 같군요. 조금 더 있었으면 제가 고상하고 차원 높은 주제로 이야기를 좀 나누려고 했는데……. 그럼 저는 이만 가 보겠습니다. (그로-르네가 그에게 돈을 준다.) 아니! 지금 뭐하십니까?

고르지뷔스 드릴 건 드려야지요.

스가나렐 저를 놀리십니까? 받지 않겠습니다. 저는 돈 때문에 일하는 사람이 아닙니다. (그는 슬그머니 돈을 집어 든다.) 어쨌거나 고맙습니다. (스가나렐은 나가고, 고르지뷔스는 집으로 들어온다.)

9장 발레르

발레르 스가나렐이 뭘 하고 있는지 궁금하군. 왜 이렇게 소식이 없지. 도대체 어디서 이놈을 만난담. (스가나렐이 하인 복장으로 등장한다.) 아! 스가나렐 어떻게 됐나?

10장 스가나렐, 발레르

스가나렐 멋지게 해냈습니다. 연기를 너무 잘해서 고르지뷔스 영감이 제가 유능한 의사인 줄 알고 있어요. 그 영감한테 따님이 바람을 좀 쐬는 게 좋다고 했지요. 따님은 지금 정원 안쪽에 있는 별채에 있습니다. 영감이 있는 곳과는 한참 떨어져 있으니 도련님은 이제 편안하게 아가씨를 만나러 가세요.

발레르 아! 자네가 나한테 이렇게 큰 기쁨을 주다니! 이 길로 곧장 가겠네.

스가나렐 그렇게 속아 넘어가는 걸 보면 그 영감도 정말 둔하다니까. (고르지뷔스를 발견하고) 아이고! 이런! 이제 끝장났네. 의학이 이렇게 한 방에 무너지는구나. 일단 저 영감을 속여야 해.

11장 스가나렐, 고르지뷔스

고르지뷔스 안녕하십니까?

스가나렐 인사 올립니다, 어르신. 어르신께서는 지금 절망에 빠진 불쌍한 사람을 보고 계십니다. 혹시 얼마 전 이 도시에 와서 사람들의 병을 놀라울 정도로 잘 고쳐 주고 있는 의사를 아시는지요?

고르지뷔스 예, 잘 알지요. 방금 우리 집에서 나가셨는데요.

스가나렐 제가 그 의사의 쌍둥이 동생입니다. 얼굴이 너무 닮아 사람들이 저희 둘을 헷갈려 한답니다.

고르지뷔스 나도 착각했는걸요? 그런데 동생 분은 이름이 어떻게 되지요?

스가나렐 나르시스라고 합니다. 사정을 말씀드리자면 제가 형님 진찰실에 있다가 탁자 모서리에 놓인 기름병 두 개를 쏟았답니다. 그러자 형님이 무섭게 화를 냈어요. 다시는 제 얼굴을 안 보겠다며 저를 집에서 쫓아냈고요. 이젠 아는 사람 하나 없어 기댈 곳도 도움 받을 곳도 없는 불쌍한 처지가 되었답니다.

고르지뷔스 그럼 화해를 해야지. 내가 당신 형님과는 친한 사이니 나서 보리다. 우선 형님을 좀 만나 봐야겠소.

스가나렐 어르신, 이 은혜는 절대 잊지 않겠습니다. (스가나렐이 퇴장했다가 곧바로 의사 가운을 입고 다시 등장한다.)

12장 스가나렐, 고르지뷔스

스가나렐 환자가 의사의 소견을 따르지 않고 방탕한 생활을 하게 되면…….

고르지뷔스	의사 선생님, 부탁이 있습니다.
스가나렐	무슨 일인지요? 제가 도울 일이 있습니까?
고르지뷔스	방금 선생님의 동생을 만났는데 무척이나 괴로워하더군요.
스가나렐	그놈은 불량배입니다.
고르지뷔스	동생은 선생님을 화나게 한 것을 진심으로 반성하고 있어요.
스가나렐	그놈은 술주정뱅이입니다.
고르지뷔스	선생님은 그 불쌍한 청년을 절망에 빠뜨릴 작정입니까?
스가나렐	그 얘긴 더 이상 하지 마십시오. 화해를 시켜 달라고 어르신을 찾아가다니, 얼마나 뻔뻔한 놈입니까? 제발 그 얘긴 더 이상 하지 말아 주세요.
고르지뷔스	의사 선생님, 이 늙은이를 봐서라도 화해를 좀 하세요. 다른 일로 선생님을 도울 일이 있으면 기꺼이 도우리다.
스가나렐	그놈을 절대로 용서하지 않으리라 결심했지만 그토록 간곡하게 부탁하시니 어쩔 도리가 없군요. 어르신 말씀대로 그놈을 용서하지요. 그러기 위해선 제 성질을 많이 죽여야 한다는 건 알아주세요. 그리고 제가 용서를 하는 건 어디까지나 어르신을 기쁘게 해 드리기 위해서랍니다. 자, 그럼, 안녕히 가십시오,

어르신.

고르지뷔스   의사 선생님 대단히 고맙소. 가서 그 청년한테 이 기쁜 소식을 알려 줘야겠군.

13장 발레르, 스가나렐

발레르   스가나렐이 이렇게 잘 해낼 줄은 꿈에도 생각 못 했어. (하인 복장의 스가나렐이 등장한다.) 아! 이 친구야, 내가 자네한테 큰 은혜를 입었네! 얼마나 기쁜지 모르겠네!

스가나렐   세상에, 참 속 편한 소리 하시네요. 고르지뷔스 영감이 저를 봤어요. 제가 기막힌 꾀를 생각해 내지 않았으면 전부 다 들통 날 뻔했답니다. 어서 도망가세요. 저기 영감이 옵니다.

14장 고르지뷔스, 스가나렐

고르지뷔스   이보시오, 의사 선생님과 이야기가 잘 돼서 여태 당신을 찾아다녔소. 형님이 당신을 용서하기로 마음먹었다오. 확실하게 화해를 하려면 두 사람이 내 앞에서 포옹하는 게 좋겠소. 형님을 찾아올 테니 내 집에 가서 기다리시오.

스가나렐 아! 어르신, 형님을 당장 찾을 수 없을 겁니다. 그리고 저 또한 어르신 댁에 있을 수 없어요. 형님이 화낼 게 뻔하거든요.

고르지뷔스 그럼 여기 그대로 있으시오. 내가 문을 잠글 테니까. 그리고 난 의사 선생님을 찾으러 가겠소. 걱정하지 말아요. 다시 말하지만 형님은 화가 다 풀렸다니까!

(퇴장한다.)

스가나렐 (창문에서) 맙소사! 꼼짝없이 걸렸군. 더 이상 빠져나갈 구멍이 없잖아. 앞이 캄캄하군. 저 영감이 녹초가 되어 돌아오면 날 가만두지 않을 거야. 어깨를 인두로 지지는 끔찍한 벌을 내릴지도 모르지. 일이 꼬이는군. 하늘이 무너져도 솟아날 구멍은 있겠지? 어차피 이렇게 된 거, 끝까지 밀어붙이자. 좋아! 또 한 번 빠져나가 내가 사기꾼 중의 왕이라는 것을 보여 줘야지. (창문에서 뛰어내려 도망간다.)

15장 그로-르네, 고르지뷔스, 스가나렐

그로-르네   저런, 세상에! 정말 이상한 일이군. 방금 어떤 놈이
창문으로 뛰어내린 것 같은데, 귀신이 곡할 노릇이
야. 어찌 된 일인지 여기서 지켜봐야겠어.

고르지뷔스   이놈의 의사 선생을 도무지 찾을 수가 없네. 도대체
어디로 숨었는지 모르겠군. (의사 가운을 입고 오는 스
가나렐을 보고) 아, 저기 있군. 의사 선생님, 동생과 포
옹하는 것을 봐야만 제 마음이 놓일 것 같아요. 제발
제 속이 다 시원하게 동생을 한 번 안아 주십시오.
동생은 지금 우리 집에 있습니다. 제가 보는 앞에서
화해하시라고 여태 선생님을 찾아다녔어요.

스가나렐   농담이시지요, 어르신. 그 녀석을 용서한 것으로 모
자랍니까? 동생이라면 꼴도 보기 싫어요.

고르지뷔스   나를 봐서라도.

스가나렐   어르신 말씀을 거절할 수도 없고……. 동생을 내려
오라고 하십시오. (고르지뷔스가 현관문을 통해 집 안으로
들어가는 동안 스가나렐은 창문을 통해 집 안으로 들어간다.)

고르지뷔스   (창문을 향해) 저쪽에서 형님이 기다리고 있소. 내가
원하는 건 뭐든지 하겠다고 약속을 했소이다.

스가나렐   (창문을 향해) 어르신, 형님을 이리로 보내세요. 제가
따로 형님한테 용서를 청할 수 있게 말이에요. 형님

은 분명 사람들이 보는 데서 저를 망신 주고 욕할 거
예요. (고르지뷔스가 문을 열고 밖으로 나가자 스가나렐이
창문에서 뛰어내린다.)

고르지뷔스 좋아, 그렇게 전하리다. 의사 선생님, 동생이 창피하
다고 안으로 좀 들어오시랍니다. 조용히 따로 용서
를 청하겠다고요. 여기 열쇠가 있으니 들어가 보십
시오. 부디 거절하지 마시고 제 청을 들어주세요.

스가나렐 어르신을 위해서라면 못 할 일이 없지요. 제가 녀석
을 어떻게 다루는지 곧 아시게 될 겁니다. (창문을 향
해) 이 나쁜 놈 여기 있었구나. - 형님, 용서해 줘요.
내 잘못이 아니잖아요. - 뭐? 이런 못된 놈, 네 잘못
이 아니라고? 이번 기회에 네놈의 버릇을 고쳐 놓겠
어. 네놈이 감히 어르신을 귀찮게 하고, 골치 아프게
하다니! - 형님⋯⋯. - 입 닥쳐! - 형님의 말을 안 들
으려고 하는 게 아니라⋯⋯. - 입 닥치지 못할까, 이
못된 놈아.

그로-르네 주인어른, 지금 집 안에 누가 있다고 생각하십니까?

고르지뷔스 의사 선생하고 그의 동생 나르시스가 있지. 둘이 좀
다툰 일이 있었는데 지금 화해하는 중일세.

그로-르네 이런 빌어먹을! 저것들은 한 사람이에요.

스가나렐 (창문을 향해) 네놈의 술주정뱅이 버릇을 고쳐 주고야
말겠어. 눈을 내리깔고 있는 것 좀 봐! 이 나쁜 놈,

네놈도 잘못한 건 알고 있는 모양이지. 이 위선자, 성

인군자인 척하는 꼴이라니!

그로-르네   주인어른, 동생을 창가에 세워 보라고 재미 삼아 말

해 보세요.

고르지뷔스   좋아. 의사 선생님, 동생보고 창가에 서 보라고 해 보

세요.

스가나렐   (창문에서) 이 녀석은 지체 높은 양반들 앞에 나설 위

인이 못 됩니다. 이 녀석이 제 옆에 있는 것 자체가

고통이랍니다.

고르지뷔스   의사 선생님, 지금까지 제 부탁을 다 들어주셔 놓고

는 이번 청을 거절하진 않겠지요?

스가나렐   (창문에서) 어르신이 그렇게까지 말씀하시니 도저히

거절할 수가 없군요. - 이리 와라, 이리 와, 나쁜 놈

아. (잠시 사라졌다가 하인 옷을 입고 나타난다.) - 어르신,

고맙습니다. - (다시 사라졌다가 곧바로 의사 가운을 걸치

고 나타난다.) 자, 이 방탕한 놈을 보셨지요?

그로-르네   오! 맙소사. 저것들은 분명 한 사람이에요. 그걸 확

인하시려면 두 사람을 동시에 보고 싶다고 말해 보

세요.

고르지뷔스   그럼 이제 두 사람이 창가로 와서 포옹하는 모습을

보여 주세요.

스가나렐   (창문에서) 어르신이 아니라면 그 누가 부탁을 해도

거절할 일입니다만, 어르신을 위해서라면 무엇이든
지 할 수 있다는 것을 보여 드리기 위해 고통스럽지
만 그렇게 하지요. 그 전에 먼저 이놈이 어르신께 심
려를 끼친 데 대해 용서를 청했으면 합니다. - 그렇
습니다. 어르신을 너무 귀찮게 해서 죄송합니다. 그
리고 형님, 여기 계신 고르지뷔스 어르신 앞에서 맹
세컨대 앞으로는 올바르게 처신하여 더 이상 걱정
끼치지 않도록 할 테니 제발 지난 일은 잊어 줘요.
(그는 팔꿈치 끝에 올려놓은 모자와 장식깃을 껴안는다.)

고르지뷔스 저 봐! 두 사람이 맞잖아?

그로-르네 와우! 세상에! 저놈은 분명 마술사야.

스가나렐 (의사 가운을 입고 집에서 나오며) 어르신 댁의 열쇠가
여기 있습니다. 그 나쁜 놈과 함께 내려오고 싶지 않
았습니다. 그 녀석은 저를 창피하게 만들거든요. 그
래도 이 동네에서 꽤 평판이 좋은 제가 그 녀석과 함
께 다니는 걸 보이고 싶지 않아요. 언제든지 편하실
때 들어가셔서 그놈을 내보내세요. 그럼 전 이만 물
러갑니다. (가는 척하다가 의사 가운을 벗고 창문을 통해 다
시 집으로 들어간다.)

고르지뷔스 가서 그 불쌍한 청년을 보내 줘야겠어. 의사 선생님
이 용서는 했지만 동생한테 못되게 한 건 사실이니까.
(집 안으로 들어가 하인 복장을 한 스가나렐과 함께 나온다.)

스가나렐	어르신 제게 베풀어 주신 은혜에 깊이 감사드립니
	다. 이 은혜 평생 잊지 못할 것입니다.
그로-르네	주인어른께선 의사 선생이 어디 있다고 생각하십니
	까?
고르지뷔스	멀리 갔겠지.
그로-르네	(스가나렐의 의사 가운을 집어 들고) 그 양반은 바로 제
	팔 아래 있습니다. 주인어른을 속이고 의사 행세를
	한 사기꾼이 바로 여기 있단 말입니다. 이 작자가 도
	련님을 속이고 집에서 연극하고 있을 때 발레르 총
	각과 따님은 같이 도망쳤단 말씀입니다.
고르지뷔스	어이구! 나는 복도 없지! 이 사기꾼, 나쁜 놈, 목매달
	아 죽일 놈!
스가나렐	어르신, 이놈의 목을 매달아 어디 쓰시려고요? 제발
	제 말씀을 좀 들어 보세요. 제가 꾀를 내서 제 주인
	님과 어르신 따님이 함께 있는 게 사실입니다. 하나
	제가 저희 주인님을 섬기면서 어르신께 피해를 끼치
	지는 않았습니다. 저희 주인님이야말로 가문으로 보
	나 재산으로 보나 따님한테 딱 어울리는 상대지요.
	저를 믿으세요. 괜히 야단법석 떠들어 봐야 어르신
	만 망신당하게 될 테니까요. 저놈이나 빌브르캥 영
	감하고 같이 똥구덩이에 처넣으시죠.

마지막 장 발레르, 뤼실, 고르지뷔스, 스가나렐

스가나렐 어르신, 이렇게 엎드려 용서를 빕니다.

고르지뷔스 자넬 용서하겠네. 이렇게 훌륭한 사위를 얻게 되었
으니 자네한테 속은 게 천만다행이야. 자, 모두들 가
서 잔치를 벌이고 축배를 들자꾸나.

옮긴이 주

1) 피스톨(pistole) : 프랑스에서 사용된 옛 화폐 단위.

2) 사후약방문(死後藥方文) : 사람이 죽은 뒤에 약을 짓는다는 뜻으로, 일을 그르친 뒤에 아
무리 뉘우쳐야 이미 늦었다는 말이다. 여기에서는 의사 왕진 전에 사망한다는 뜻으로 쓰
였다.

3) 약방문사후(藥方文死後) : 여기에서는 의사 왕진 후에 사망한다는 뜻으로 쓰였다. 즉, 선
무당이 사람 잡는다는 뜻이다.

4) 히포크라테스(Hippokratēs) : '의학의 아버지'로 불리는 그리스의 의학자. 인체의 생리나 병
리를 체액론에 근거하여 사고했고, '병을 낫게 하는 것은 자연이다'는 설을 치료 원칙의
기초로 삼았다.

5) 갈레노스(Claudios Galenos) : 고대 로마 시대의 가장 유명한 의사 가운데 한 사람. 그리스
의학의 성과를 집대성해 방대한 의학 체계를 만들었고, 중세와 르네상스 시대 유럽 의학
의 이론과 실제에 절대적 영향을 끼쳤다.

6) 살라말렉(Salamalec) : '평화가 여러분과 함께'라는 뜻의 아랍어.

7) "로드리그, 너에게도 용기가 있느냐?" : 몰리에르와 동시대의 비극 작가인 코르네이유
(Pierre Corneille)가 1635년 발표해 대성공을 거둔 〈르시드(Le Cid)〉에 나오는 유명한 말이
다. 이 작품에서 동 디에그 장군은 고르마스 백작에게 모욕을 당한 뒤 아들 동 로드리그
에게 아버지를 위해 복수할 용기가 있느냐고 묻는다. 스가나렐은 유식한 척하려고 이 유
명한 대사를 여기에서 아무런 맥락 없이 인용하고 있다.

8) 시뇨르, 씨, 세뇨르, 농. 페르 옴니아 세쿨라 세쿨로룸(Signor, si, segnor, non. Per omnia saecula saeculorum) : 스가나렐은 여기에서 스페인어와 가톨릭의 미사에 나오는 라틴어를 나열하고 있다. 말뜻은 '어르신, 있기도 하고 없기도 해요(스페인어). 모든 세기와 세대를 통틀어서(라틴어)'이다.

9) 비타 브레비스, 아르스 베로 롱가, 오카지오 아우템 프라에세프스, 엑스페리멘툼 페리쿨로숨, 주디키움 디피킬(Vita brevis, ars vero longa, occasio autem praeceps, experimentum periculosum, judicium difficile) : '인생은 짧고, 의술은 오래 걸리며, 기회는 순간적이고, 경험은 거짓되며, 진단은 내리기 어렵다'는 뜻이다.

10) 피킬 탄티나 포타 바릴 캄부스티부스(Ficile tantina pota baril cambustibus) : 스가나렐은 변호사의 끝말을 되풀이하면서 뜻도 없는 말을 라틴어 식으로 늘어놓는다.

11) 엑스페리엔티아 마지스트라 레룸(Experientia magistra rerum) : '경험은 모든 것을 가르친다'는 뜻의 라틴어.

12) 인테르 둠 독타 플루스 발레트 아르테 말룸(Interdum docta plus valet arte malum) : '때때로 병은 학문과 기술보다 강하다'는 뜻의 라틴어. 로마 작가 오비디우스의 〈흑해로부터의 편지〉에 나오는 한 구절이다.

몰리에르 (1622~1673) ···

프랑스의 극작가. 본명은 '장-바티스트 포클랭'이지만 예명이 더 유명하다. 법학을 공부해 변호사가 되었지만 흥미를 느끼지 못하고 극단을 결성하여 연기자로 활동하며 연출을 하였다. 상류사회의 속물성, 귀족들의 퇴폐적인 생활, 경박한 사교계 등을 날카로운 관찰과 해학으로 풍자하고 비판하였다. 또한 인간의 내면 심리를 깊게 파헤치는 데도 탁월한 능력을 보여 주었다. 주요 작품으로는 희곡 〈아내들의 학교〉, 〈타르튀프〉, 〈서민 귀족〉, 〈수전노〉, 〈유식한 여자들〉 등이 있다.

1 고르지뷔스는 왜 딸을 늙은 영감에게 시집보내려 하는 것일까
  요? 아버지는 딸의 생각과 관계없이 딸을 결혼시킬 수 있는 것일
  까요? 오늘날의 결혼 관습과 비교해 생각해 보세요.

2 스가나렐은 배우지 못한 하인인데 어떻게 의사 노릇을 할 수 있
  었습니까? 자신이 유식하다고 생각하는 고르지뷔스는 왜 배우지
  못한 하인에게 속아 넘어갔을까요?

3 스가나렐은 주인의 부탁을 받아 의사 노릇을 하지만 결국은 사람
  을 속이는 일을 하는 셈입니다. 그렇다면 그는 결국 도덕에 어긋
  나는 일을 하고 있는 것이 아닐까요? 그렇지 않다고 생각한다면
  그 까닭을 이야기해 보세요.

4 이 작품은 희극 가운데에서도 소극(笑劇)으로 분류됩니다. 이 작
  품의 어떤 요소들이 관객을 웃게 만든다고 생각하나요?

5 몰리에르는 자신의 뛰어난 희극들을 통하여 자기 시대 사회의 문
  제점들을 날카롭게 풍자하고 있다는 점에서 높이 평가받고 있습
  니다. 이 작품에도 사회를 풍자하는 내용이 들어 있습니다. 어떤
  부분이 풍자적인 내용인지 이야기해 보세요.

악의 없는 장난의 즐거움

장난 가운데 재미있는 것은 사람을 속여 먹는 장난일 겁니다. 물론 상대방에게 특별한 해를 끼치지 않는 악의 없는 장난이어야겠지요. 만우절이 인기가 있는 것은 그 때문입니다. 텔레비전의 '몰래 카메라' 같은 프로그램도 이런 속임수와 관련된 재미를 이용한 것입니다. 이 속임수 장난은 평소에 전혀 속을 것 같지 않은 사람을 속이는 데 성공했을 때 더 재밌습니다. 그런 장난에 속은 사람이 당황해 하는 모습을 보고 우리는 즐거워하고, 성공한 속임수의 기발함에 감탄합니다. 희극에는 이와 같은 장난이 많이 들어 있습니다. 장난의 대상이 된 사람에게 황당한 말을 믿게 한다든가, 감쪽같은 변장을 하여 전혀 딴 사람으로 생각하게 한다든가, 문 위에 숨겨 두었던 물건이 떨어지게 하여 사람이 그것에 맞게 한다든가 하는 장난이 대표적입니다. 이 작품도 황당한 말, 감쪽같은 변장, 일인이역(一人二役)을 이용한 장난으로 독자와 관객을 즐겁게 하고 있습니다.

약자의 불만을 해소해 주는 장난

이 작품에서 스가나렐이 보여 주는 장난은 특히 더 재미있게 여겨집니다. 왜냐하면 장난의 대상이 되는 사람이 얄미운 사람이기 때문입니다. 고르지뷔스는 돈에 눈이 멀어 딸을 나이 든 부자와 결혼시키려 합니다. 딸에게는 사랑하는 청년이 있는데 아랑곳지도 않습니다. 그는 청년과 딸의 사랑을 막고 그들의 마음을 괴롭히는 사람입니다. 이런 사람을 배우지 못한 하인 스가나렐이 감쪽같이 속여 넘깁니다. 스가나렐은 배우지는 못했지만 꾀가 많고 기지가 넘칩니다. 학식이 높다는 변호사도 속아 넘어가고 맙니다. 스가나렐의 말들은 알고 보면 다 황당한 것들입니다. 그런 황당한 말에 고르지뷔스와 변호사가 속아 넘어가는 것이 우스꽝스럽게 보입니다. 스가나렐의 의사 흉내는 약자가 꾀를 써서 강자를 골탕 먹이는 통쾌한 기분이 들게 합니다. 그래서 현실에서의 불평등이 이 순간에는 해소되고 일시적으로 공평하게 되는 듯한 기분이 듭니다. 마치 동물 우화에서 늘 사자의 밥이 되었던 토끼나 여우가 꾀를 써서 사자를 속여 넘기고 자신들을 잡아먹지 못하게 하는 데 성공하는 것처럼 말입니다.

상류층의 속물성에 대한 풍자

몰리에르의 극이 독자와 관객에게 주는 한바탕 웃음에는 현실을 풍자하는 날카로움이 들어 있습니다. 스가나렐의 속임수가 보여 주는 것은 배우지 못한 계층의 영리함과 순진함만이 아닙니다. 몰리에르 시대 중산층의 속물성과 위선을 잘 드러내 주고 있습니다. 고르지뷔스는 돈 많은 부자이지만 머리는 빈 껍데기라는 게 드러납니다. 유식하다는 변호사의 지식도 다 허세라는 게 드러나고 맙니다. 그러면서 자기들보다 더 학식 있어 보이는 사람에게는 잘 보이려고 애쓰는 그들의 속물적인 태도가 쓴웃음을 자아냅니다. 몰리에르는 이처럼 자기 시대 상류 계층의 속물성과 허세를 폭로하고 그들을 우스꽝스러운 존재로 만들어 놓음으로써 웃음을 자아내는 데 뛰어났습니다. 이처럼 개인이나 사회의 결점이나 어리석음 따위를 비웃고 조롱함으로써 그것을 비판하는 것을 '풍자'라고 합니다. 물론 거기에는 개인과 사회의 그러한 문제들이 더 나아지기를 바라는 마음이 바탕에 깔려 있겠지요.

윤리의 바탕인 양심

여러분 가운데에는 스가나렐이 주인의 부탁을 받아 고르지뷔스를 속이기는 하지만 결국은 그것도 사람을 속이는 일이기 때문에 나쁜 짓을 하고 있는 것이 아닐까 하는 생각이 드는 사람도 있을 수 있습니다. 그 문제는 깊이 생각해 보아야 할 문제임이 틀림없습니다. 목적이 수단을 정당화하지 않는다는 금언도 있으니까요. 하지만 스가나렐의 속임수는 일종의 정당방위 같은 것으로 생각해 볼 수도 있습니다. 젊은이들이 돈에 눈이 어두워진 아버지의 욕심에 희생당하는 것을 거부하고 자신들의 사랑을 지키기 위해 어쩔 수 없이 사용하는 정당한 수단이라고 말입니다. 이런 경우 몰리에르는 사람의 본능과 양심을 믿었다고 합니다. 양심이 말하는 것을 따르면 옳다는 믿음입니다. 발레르와 뤼실, 그리고 스가나렐은 사랑의 문제에 대한 양심의 말을 따랐다고 볼 수 있습니다. 결혼의 조건은 사랑이지 돈이 아니라는 것이 양심의 말이었겠지요. 그래서 그는 사랑의 본능과 법칙을 따르는 젊은이들의 편을 들어 그들을 방해하는 아버지들과 모든 사람에게 반기를 들고 맞서 싸운 것이라고 이해할 수 있겠습니다. 그러고 보면 몰리에르는 벌써 400여년 전에 오늘의 자유연애를 신봉했던 사람이라고 할 수 있습니다.

몰리에르와 인간의 보편성

오늘의 독자가 400여 년 전에 쓰인 몰리에르의 극을 읽고 즐거움을 느낄 수 있다면, 몰리에르가 자기 시대의 생각을 넘어선 가치관과 인간의 보편적인 감정을 다루고 있기 때문일 겁니다. 그는 이 작품을 통해 어느 시대에나 존재하는 부모 세대와 자식 세대의 갈등을 이야기하고, 어느 시대에나 존재하는 속물적인 사람들의 위선을 폭로하고 있습니다. 그는 자신의 극에서 주로 17세기의 인물을 묘사했지만 그 인물들은 동시에 어디에서나 볼 수 있는 인간형이라고 할 수 있습니다.

지붕 위의 미치광이

屋上の狂人

기쿠치 간(菊池寬)

가끔 종잡을 수 없는 말을 하고 특이한 행동을 하는 아이들을 볼 수 있습니다. 어딘가 비정상적으로 보이는 아이들도 있고요. 심지어는 정신에 탈이 난 것 같은 아이들도 있습니다. 여러분은 그런 아이들을 어떻게 대하나요? 상대하지 않거나 피하려고 하나요? 바보라고 놀리면서 따돌리나요? 정신에 문제가 있다는 진단을 받는 아이들이 있는 것은 사실입니다. 하지만 보통 아이들과는 다르게 생각하고 특이하게 행동하면 모두 정신병이 난 거라고 생각해야 할까요? 이번에 읽을 작품 〈지붕 위의 미치광이〉는 우리에게 그러한 질문을 던지고 있습니다.

이 작품을 쓴 작가는 특이한 생각과 행동을 하는 사람을 비정상인으로 여기는 사회에 오히려 문제가 있다고 보았습니다. 정상적인 것을 지나치게 의식하여 어디서든 규준에 맞게 살려는 것은 활력을 잃어버린 삶이라고 느꼈습니다. 그래서 아이들이 조금이라도 정상에서 벗어나려고 하면 질겁하여 막으려고 하는 부모들의 태도도 못마땅하게 여겼습니다. 그에게 온실에서 화분처럼 자라는 상식적인 삶은 맥없고 지루했습니다. 그는 틀에 맞추어 사는 것보다 가끔씩 틀에서 벗어나 보는 것이 우리의 삶을 더 활력 있게 만드는 것이라고 생각했습니다. 인간의 상상력과 창조력도 비정상의 세계를 엿보는 데서 솟아나온다고 보았고요. 이 작품 자체가 비정상적인 것을 향한 모험에 대한 이야기라고 할 수 있습니다.

나오는 사람들

미치광이 : 가츠시마 요시타로, 24세

동생 : 스에지로, 17세, 중학생

아버지 : 가츠시마 기스케

어머니 : 오요시

이웃집 사람 : 도사쿠

남자 하인 : 기치지, 20세

무당 할멈 : 50세 정도

때   메이지〔明治〕30년(1894)

장소   세토나이카이[1]의 사누키 지역에 있는 섬마을

무대   이 자그마한 섬에서 가장 돈이 많은 가츠시마 씨의 집 뒤뜰. 집 안은 대나무 울타리로 가려서 보이지 않는다. 높은 지붕만이 남쪽 지방의 초여름 하늘 위로 우뚝 솟아 있다. 집 왼쪽 펼쳐진 바다가 햇살을 받아 반짝인다. 이 집의 장남 요시타로는 지붕 꼭대기에 쪼그리고 앉아 바다를 바라보고 있다. 집 안에서 아버지의 목소리가 들린다.

기스케   (모습은 보이지 않고) 요시, 또 지붕 위에 올라간 거니? 이렇게 햇볕이 쨍쨍한데 덥지 않나 몰라. (툇마루로 나

와) 기치지! 기치지 어디 있냐?

기치지   (오른쪽에서 나오며) 네, 무슨 일이라도 있으신가요?

기스케   요시타로를 데리고 내려와 주게. 이렇게 더운 날씨에 모자도 쓰지 않고, 덥지 않나 몰라. 도대체 어떻게 지붕 위로 올라간 거야. 요전번에 이야기했던 대로 헛간엔 철조망을 쳤나?

기치지   그야 물론 쳐 놓았지요.

기스케   (지붕 위를 올려다보며 대나무 울타리를 지나 무대로 나온다.) 기와가 불에 달군 돌처럼 뜨거울 텐데 거기 앉아 뭘 하는 거냐. 요시타로, 어서 내려오너라. 그렇게 뜨거운 곳에 있으면 죽을 수도 있어.

기치지   도련님, 내려오세요. 그런 곳에 오래 있으면 몸에 좋지 않아요.

기스케   요시야, 어서 내려오지 못하겠니! 거기서 뭐하는 거야. 어서 내려오렴. 요시야!

요시타로   (아무렇지 않은 듯) 왜요?

기스케   왜냐니? 어서 내려와라. 해가 쨍쨍한데, 덥지 않아? 자, 당장 내려와라. 내려오지 않으면 아래서 장대로 찔러 버릴 거야.

요시타로   (어리광을 부리듯) 싫어요, 싫어. 재미있는 일이 있는걸요. 금비라[2] 신령님을 모시는 텐구[3]가 구름 속에서 춤을 추고 있어요. 붉은옷을 입고 천사들과 함께 춤을

쳐요. 날 보며 "오너라, 오너라." 말하고 있어요.

기스케 바보 같은 소리를 하는구나. 넌 여우한테 홀린 거야.
어서 내려오너라.

요시타로 (미친 사람처럼 넋이 나가서) 우와 신나겠다. 나도 가고
싶어. 기다려 줘. 나도 갈 테니.

기스케 그러다가 또 지난번처럼 떨어져 큰일 난다. 제정신도
아닌 데다 다리까지 다쳐 부모 속을 얼마나 썩이려고
그러니? 어서 내려와! 이 멍청한 자식아.

기치지 어르신, 그렇게 성을 내도 소용없어요. 도련님이 언제
말 듣는 것 보셨어요? 그보다는 도련님이 좋아하는
유부를 사 올까요? 그걸 보여 주면 금방 내려올 수도
있어요.

기스케 그보다 장대로 저 녀석을 찔러 봐라. 난 상관없으니.

기치지 그런 잔인한 짓은 할 수 없어요. 도련님은 아무것도
모르잖아요. 모두 도련님 몸에 붙어 있는 귀신 때문인
걸요.

기스케 지붕 둘레에 쇠창살을 두르는 건 어떻겠나? 올라가지
못하도록 말이야.

기치지 무엇을 하든 소용없어요. 혼덴지 사원의 큰 지붕 위에
도 발판 없이 올라가 버리는걸요. 이런 낮은 지붕과
담장은 식은 죽 먹기죠. 도련님 몸에 붙어 있는 귀신
이 올라가는 건데, 무슨 소용이 있겠어요.

기스케	그렇지. 그렇다면 어쩔 수가 없는 건가. 미쳤으면 집 안에 가만히 있기나 할 것이지, 높은 곳만 찾아서 올라 다니니 나 미쳤소, 하고 광고하는 꼴이 아닌가. 가츠시마의 텐구 미치광이라고 타카마츠까지 소문이 퍼졌다고 하더군.
기치지	섬사람들은 도련님한테 여우가 씌었다고 하지만, 잘 이해가 안 가요. 여우가 나무를 탄다는 이야기는 들어본 적이 없어서요.
기스케	나도 그렇게 생각해. 내 짐작으로는 말이야, 요시타로가 태어난 해에 내가 희귀한 외국산 후장총으로 원숭이들을 닥치는 대로 쏘아 죽였지. 그때 원숭이가 들러붙은 게 아닐까 싶어.
기치지	그럴지도 모르죠. 그렇지 않으면 저렇게 나무를 잘 탈 수 있겠어요. 발판이 있든 없든 어떤 곳이든 잘 올라가잖아요. 사다리 잘 타는 곡예사 사쿠라도 도련님을 이길 수는 없을 거예요.
기스케	(쓴웃음을 지으며) 바보 같은 소리 집어치워. 눈만 뜨면 지붕 위로 올라가는 아들을 둔 부모가 되어 봐. 오요시도 나도 날마다 저놈 생각에 걱정이 태산이야. (다시 핏대를 세우며) 요시타로! 어서 내려오지 못하겠니? 지붕 위에만 올라가면 사람 목소리는 들리지도 않나 봐. 마치 꿈속에 있는 듯하니. 저 녀석 때문에 집 주변 나

무들은 모두 잘라 버렸는데, 지붕까지 그럴 수는 없고
…….

기치지　제가 어렸을 때, 하루는 대문 앞에 심어 놓은 키 큰 노
송 위에 앉아 있었지요.

기스케　아, 그 나무야말로 우리 섬의 자랑이었지. 언젠가 요
시타로가 그 나무 꼭대기에 올라가더니, 네댓 개 남은
나뭇가지 위에 걸터앉는 거야. 나도 오요시도 이제 요
시타로는 죽었구나 생각했는데, 녀석이 주르륵 나무
를 타고 내려오지 뭐야. 우리 모두 기가 차서 할 말을
잃었지.

기치지　그랬군요. 분명 사람이 할 수 있는 일은 아니에요.

기스케　그래서 말인데, 나는 원숭이가 씌었다고 생각해. (목소
리를 높여) 요시타로야, 내려오지 않겠니? (갑자기 마음
을 바꿔) 기치지! 네가 올라가 봐.

기치지　제가 올라가면 도련님이 화내실 거예요.

기스케　괜찮아. 화내도 상관없어. 올라가서 저 녀석을 끌고
내려와.

기치지　헤헤.

기치지가 사다리를 가지러 나간다. 그때 옆집에 사는 도사쿠가 들어온다.

도사쿠　어르신, 안녕하세요.

기스케	어서 오시게. 좋은 날씨네. 어제 던진 그물은 어떻게 되었나? 많이 잡았나?
도사쿠	피라미 한 마리 걸리지 않았어요. 철이 좀 지나 봐야 알 것 같아요.
기스케	아, 그렇군. 그래도 삼치가 좀 잡힐 텐데.
도사쿠	어제 키요요시 그물에 두세 마리가 걸렸더군요.
기스케	그래?
도사쿠	(요시타로를 보며) 또 도련님이 지붕 위에 앉아 있네요.
기스케	그러게, 또 올라갔지 뭐야. 방에 가둬 두면 물 밖으로 나온 배처럼 힘이 빠져 있고, 그렇다고 내놓으면 금방 지붕 위로 올라가니…….
도사쿠	도련님 같은 경우는 주변에 폐를 끼치지 않으니 괜찮지요.
기스케	아니야. 남들한테 폐를 끼치지 않으면 뭐해. 저렇게 높은 곳에 올라가 부모나 동생을 부끄럽게 만들잖아.
도사쿠	하지만 작은 도련님이 공부를 잘하니, 어르신도 한시름 놓지 않겠어요.
기스케	스에지로가 늘 잘하니까 나도 참고 사는 거지. 둘 다 이상하다면 무슨 낙으로 살겠나.
도사쿠	아무렴 그렇고말고요. 실은 어르신, 어제 우리 섬에 용한 무당 할멈이 왔는데, 도련님을 위해 굿을 한번 해 달라고 하는 게 어떨까요?

기스케	지금까지 굿도 여러 번 했어. 하지만 아무 소용이 없었다네.
도사쿠	그 할멈은 금비라 신령님의 무녀로, 용하다고 소문이 자자해요. 신이 내리면, 보통 도사들과는 다르다고 해요. 한번 치러 보는 게 어떨까요?
기스케	그럴까. 답례는 얼마나 해야 하는지…….
도사쿠	낫지 않으면 돈을 줄 필요가 없고, 나으면 능력만큼 주시면 된대요.
기스케	스에지로가 굿은 아무짝에도 소용없다며 하지 말라고 했는데, 돈 드는 일이 아니라면 못 할 것도 없지.

이때 기치지가 사다리를 들고 들어와 대나무 울타리 안으로 들어간다.

도사쿠	그렇다면 킹기치 집에 가서 무당 할멈을 데려오겠습니다. 우선 도련님을 데리고 내려오시지요.
기스케	수고해 주게. 그럼 부탁하겠네. (도사쿠가 떠난 뒤에) 자, 요시타로 얌전하게 내려오렴.
기치지	(지붕 위로 올라가서) 자, 도련님, 저와 함께 내려가세요. 이런 곳에 오래 있으면 밤에 몸살 날 수 있어요.
요시타로	(이단자의 접근을 두려워하는 부처처럼) 싫어. 텐구가 나를 보며 "오너라, 오너라." 한단 말이야. 여기는 네가 올 곳이 아니야. 무슨 속셈으로 여길 온다는 거야.

기치지   바보 같은 소리 하지 말고 내려오세요.

요시타로   털끝 하나라도 나를 건드리면 텐구가 너를 갈가리 찢
         어 놓을걸.

기치지   (재빨리 요시타로한테 다가가 어깨를 붙잡고는 끌고 내려온다.
         붙잡힌 요시타로는 아무런 저항도 하지 않는다.) 발버둥 치
         면 다칩니다.

기스케   조심해서 내려와 주게.

기치지   (요시타로를 앞세워 내려온다. 요시타로는 다친 오른쪽 다리
         때문에 절룩거린다.) 아무리 무당이 말해도 듣지 않는 놈
         이 있는걸요.

기스케   요시타로가 금비라 신령님의 무녀 이야기는 잘 들으
         니, 금비라 신령님의 무녀가 말하면 들을지도 몰라.
         (목소리를 높여) 오요시, 잠깐 나와 봐요.

오요시   (안에서) 무슨 일이에요?

기스케   무당 할멈을 불렀는데, 어떻게 생각해?

오요시   (여닫이문을 열고 나오며) 괜찮을 것 같아요. 아무 일도
         없었다는 듯이 나으면 좋겠어요.

요시타로   (불만스러운 표정으로) 아버지, 왜 그러세요? 지금 막 오
         색구름이 나를 마중하러 내려오고 있었는데.

기스케   바보 녀석! 지난번에도 오색구름이 내려왔다며 지붕
         에서 뛰어내렸지. 그래서 그렇게 절름발이가 됐잖아.
         오늘은 금비라 신령님의 무녀가 와서 네 몸속에 있는

것을 내쫓는다고 하니, 지붕에 올라가지 말고 기다려
야 한다.

그때 도사쿠가 무당과 함께 들어온다. 무당은 갓 쉰 살가량 된 마녀처럼 생
긴 여자인데, 표정이 음침해 보인다.

도사쿠　　어르신, 이분이 아까 제가 말했던 무당입니다.

기스케　　네, 안녕하세요. 잘 오셨습니다. 좀 곤란한 일이 있어
　　　　　　서요. 제 아이가 부모 형제 망신을 다 시키고 있어요.

무당 할멈　(아무렇지도 않게) 별말씀을요. 걱정하지 마세요. 신령
　　　　　　님의 힘으로 바로 고쳐 놓겠습니다. (요시타로 쪽을 향하
　　　　　　여) 이 사람인가요?

기스케　　그렇습니다. 이제 스물네 살입니다. 높은 곳에 올라가
　　　　　　는 것은 누구보다 잘하지요.

무당 할멈　언제부터 그런 병을 앓았나요?

기스케　　태어날 때부터 그랬습니다. 갓난아기 때부터 높은 곳
　　　　　　으로 올라가는 걸 좋아했어요. 네다섯 살 무렵에는 벽
　　　　　　장에도 올라가고, 불단에도 올라가고, 책장에도 올라
　　　　　　갔어요. 일고여덟 살이 되더니 나무를 타고 올라가더
　　　　　　군요. 열대여섯 살이 되니 산꼭대기에 올라 하루 종일
　　　　　　내려오질 않았어요. 그러고는 끊임없이 혼잣말을 했
　　　　　　어요. 도깨비한테 홀린 사람처럼요. 도대체 왜 그러는

걸까요?

무당 할멈　아드님이 여우한테 홀린 게 틀림없습니다. 제가 기도를 올리겠습니다. (요시타로 쪽을 향해 다가오며) 내 말을 잘 들어라! 나는 이 나라의 신령이신 금비라 신령님의 시중을 드는 사람이다. 내가 하는 말은 모두 신령님이 하시는 말씀이다.

요시타로　(불만스러운 듯이) 금비라 신령님을 만난 적이 있어요?

무당 할멈　(눈을 흘기며) 고거 참, 무례하구나! 인간의 눈으로 어떻게 신령님을 볼 수 있단 말이냐!

요시타로　(의기양양하게) 나는 몇 번이나 만났는걸요. 금비라 신령님은 흰옷을 입고 금면류관을 쓰고 있는 할아버지야. 나랑 무척 친한 사이지.

무당 할멈　(조금 당황하더니 기스케 쪽을 보며) 여우가 붙어도 아주 지독한 여우가 붙어 있군요. 내가 신령님을 불러 보리다.

무당은 주문을 외우며 기괴한 몸짓을 한다. 요시타로는 기치지한테 어깨를 붙잡힌 상태지만 아무 관심도 없다는 표정이다. 무당은 미친 듯 몇 번 돌더니 기절했다가 다시 일어나서는 주위를 둘러본다.

무당 할멈　(전혀 다른 목소리로) 나는 이 나라의 조우토산을 지배하는 금비라 신령이다.

모두	(요시타로를 빼고 모두 허리를 굽히며) 예예.
무당 할멈	(엄숙하게) 이 집 장남의 몸에는 여우가 붙어 있어. 이 놈을 나뭇가지에 매달아 푸른 솔잎을 태워 연기를 쐬어라. 내 말대로 하지 않으면 신령님께 벌을 받을 것이다. (다시 기절한다.)
모두	예예.
무당 할멈	(다시 일어나서는 시치미를 떼며) 신령님께서 뭐라고 말씀하셨습니까?
기스케	엄중하게 말씀하셨습니다.
무당 할멈	신령님이 말씀하신 대로 하지 않으면 오히려 벌을 받습니다. 노파심에 말씀드립니다.
기스케	(조금 당황하며) 기치지! 얼른 푸른 솔잎을 따 가지고 오너라.
오요시	아무리 신령님 말씀이라지만 어찌 그런 잔인한 짓을 할 수 있어요.
무당 할멈	괴로운 것은 붙어 있는 여우지, 아드님은 아무런 고통도 못 느낄 거예요. 자, 빨리빨리 준비하세요. (요시타로 쪽을 향하여) 신령님의 목소리를 들었느냐? 혼이 나기 전에 썩 물러가라.
요시타로	금비라 신령님의 목소리는 그런 목소리가 아니야. 신령님이 너 같은 여자를 상대할 것 같으냐.
무당 할멈	(자존심이 상한 듯) 그렇다면 이제 곧 알게 될 테니, 조

금만 기다려라. 한낱 여우 주제에 신령님을 욕보이다니, 무엄하구나!

기치지가 푸른 솔잎을 한 무더기 가져온다. 오요시는 어쩔 줄 몰라 한다.

무당 할멈 신령님의 말씀을 따르지 않으면 벌을 받아요.

기스케는 마지못해 기치지와 함께 솔잎에 불을 지피고, 버티고 서 있는 요시타로 쪽으로 연기를 보낸다.

요시타로 아버지 뭐하는 거야, 싫어 싫어.
무당 할멈 저 소리를 아이의 목소리라고 생각하면 여우한테 연기를 쏘일 수 없어요. 모두 여우의 목소리라고 생각해야 해요. 아드님을 괴롭히는 여우를 잡는다고 생각해야 해요.
오요시 아무리 그래도 너무 심한 것 아니에요?

기스케는 기치지를 도와 요시타로의 얼굴을 연기 속으로 들이민다. 그때 집 쪽에서 스에지로의 목소리가 들린다.

스에지로 (집 안에서) 아버지, 어머니, 저 왔어요.
기스케 (조금 놀라 요시타로를 놓아주며) 스에가 왔나 봐요. 일요 일도 아닌데, 어떻게 된 거지.

스에지로가 여닫이문을 열며 얼굴을 내민다. 중학생 교복을 입은 가무잡잡
하고 늠름하게 생긴 소년이다. 이상한 분위기에 금방 눈치를 채며.

스에지로 아버지, 지금 뭐하시는 거예요?

기스케 (당황하며) 아니야, 아무것도 아니야.

스에지로 무슨 일로 솔잎을 태우는 거예요?

요시타로 (괴롭게 기침을 하다가 동생을 보자 구세주를 만난 듯) 스에
구나. 아버지와 기치지가 나를 꼼짝 못 하게 잡고는
솔잎 연기를 쐬었어.

스에지로 (얼굴 표정이 바뀌며) 아버지! 왜 이런 말도 안 되는 일
을 하세요? 제가 그만큼 말씀드렸잖아요.

기스케 그래, 그랬지. 그렇지만 신이 내린 영험한 무당이 있
다고 하기에.

스에지로 말도 안 돼요. 형이 제대로 말을 하지 않는다고 그런
바보 같은 일을 하다니요.

무당을 거들떠보지도 않고 불타고 있는 솔잎을 걷어찬다.

무당 할멈 지금 무슨 짓을 하는 거냐? 그 불은 신령님의 말씀에
따라 붙인 불이다.

스에지로는 비웃으며 불을 밟아 꺼 버린다.

기스케　　(말투를 바꿔서는) 스에지로, 나는 배운 게 별로 없어 공
　　　　　　부 잘하는 네 말이라면 무엇이든 다 듣는다만, 아무리
　　　　　　그래도 그렇지, 신령님의 말씀을 듣고 붙인 불을 밟아
　　　　　　꺼 버리는 건 너무하지 않니?

스에지로　솔잎 연기를 쏘인다고 치료가 되겠어요? 여우를 쫓아
　　　　　　내려고 그랬다면 사람들이 비웃어요. 일본에 있는 모
　　　　　　든 신령님이 온다고 해도 감기 하나 낫지 않을 거예
　　　　　　요. 사기꾼 같은 무당이 돈 때문에 하는 짓인걸요.

기스케　　그렇지만 의사들도 못 고친다고 하지 않니.

스에지로　의사들이 못 고치면 고치지 못하는 거예요. 제가 몇
　　　　　　번이나 말했듯이, 형이 병으로 고통스러워한다면 어
　　　　　　떠한 방법을 써서라도 고쳐야겠죠. 하지만 형은 지붕
　　　　　　에만 올라가면 아침부터 저녁까지 즐거워하잖아요.
　　　　　　형처럼 날마다 즐거워하는 사람이 일본에 한 사람이
　　　　　　라도 있어요? 아마 이 세상에 그런 사람은 한 사람도
　　　　　　없을걸요. 게다가 지금 형을 치료해서 정상으로 돌아
　　　　　　온다 해도 스물넷에 아무것도 모르고, 알파벳 A도 모
　　　　　　르잖아요. 전혀 경험도 없고요. 거기에 자신이 절름발
　　　　　　이라는 것을 깨닫게 되면, 아마도 일본에서 가장 불행
　　　　　　한 사람이 될 거예요. 아버지가 원하시는 게 그런 거

예요? 형이 제정신으로 돌아와 고통을 받는다면, 그것만큼 바보 같은 짓은 없어요. (무당을 거들떠보지도 않고) 도사쿠 아저씨, 아저씨가 저 사람을 데리고 온 거라면 함께 돌아가 주세요.

무당 할멈 (모욕을 견디지 못하며) 신령님의 말씀을 불경스럽게 대하면 천벌이 내릴 것이다. (앞에서 그랬던 것처럼 주문을 외우며 몸부림치다가 기절한 뒤 일어선다.) 나는 금비라 신령이다. 지금 병자의 동생이 말한 것은 모두 자기 욕심에서 나온 말이다. 형의 병이 나으면 재산이 모두 형의 재산이 될까 봐 욕심을 부리는 것이다. 이 말을 꿈에도 의심해서는 안 된다.

스에지로 (화를 내며 무당을 밀친다.) 뭐라고 지껄이는 거예요? 바보 같은 소리 집어치워요!

무당 할멈 (갑자기 원래 모습으로 돌아가서는) 아이고, 아파라. 이게 무슨 짓이야?

스에지로 사기꾼, 날강도!

도사쿠 (두 사람을 떼어 내며) 아이고, 도련님, 그만하세요. 이렇게까지 화내실 필요 없잖아요.

스에지로 (좀처럼 흥분을 가라앉히지 못하며) 말도 안 되는 소릴 하고 있잖아. 당신들 같은 사기꾼이 형제 간의 정을 알기나 해?

도사쿠 자, 일단 돌아갑시다. 내가 무당을 데려온 것이 잘못이오.

기스케 (도사쿠한테 돈을 건네며) 이 아이가 아직 어려서 그러니 이해해 주게. 저 녀석이 성격이 좀 급해서 말이지.

무당 할멈 신령님을 모신 사람을 이렇게 모욕을 주다니, 오늘 저녁 네놈 목숨이 위험할 줄 알아라.

스에지로 또 뭐라고 지껄이는 거야?

오요시 (스에지로를 붙잡으며) 가만히 있지 못하겠니. (무당한테) 정말 죄송합니다.

무당 할멈 (도사쿠와 함께 나가면서) 나를 밀친 손부터 썩어 들 것이다. (두 사람 퇴장한다.)

기스케 (스에지로를 보며) 진짜로 네가 벌을 받는 건 아닐까?

스에지로 저런 사기꾼 같은 무당한테 신이 내렸겠어요? 엉뚱한 거짓말만 하고 있잖아요.

오요시 나도 처음부터 미덥지 않았어. 설마 신령님이 저런 잔인한 짓을 하겠어.

기스케 (식구들의 말을 받아들이며) 맞아, 그렇지. 그렇지만 스에야! 네 형은 평생 네게 짐이 될 거야.

스에지로 뭐가 짐이에요? 제가 성공하면, 산꼭대기에 아주 높은 탑을 세워 형이 맘껏 올라갈 수 있게 해 줄 거예요.

기스케 그건 그렇고, 요시타로는 어디로 간 거냐?

기치지 (지붕 위를 가리키며) 저 위에 있네요.

기스케 (웃음을 지으며) 그럼 그렇지.

요시타로는 한바탕 소동이 일어난 사이에 어느새 지붕 위로 올라가 있다. 아래 네 사람은 요시타로를 보며 서로 웃는다.

스에지로　보통 사람이라면 아까 같은 상황에서 엄청나게 화를 낼 텐데, 형은 벌써 잊은 듯 아무렇지도 않게 있잖아요. 형!

요시타로　(제정신이 아니지만 동생한테 각별한 애정이 있는 듯) 스에야! 금비라 신령님한테 물었더니, 아까 그런 여자는 모른다고 하던데.

스에지로　(웃음을 지으며) 당연하지. 아까 그 무당이 아니라 형한테 신이 내린 것 같아. (구름이 걷히고 금빛 노을이 지붕을 물들인다.) 아, 멋진 노을이네.

요시타로　(금빛 노을에 비친 요시타로의 얼굴이 아름답게 빛난다.) 스에야, 저것 좀 봐. 저기 구름 속에 황금 궁전이 보이지? 아름답지 않니?

스에지로　(제정신이 아닌 사람에 대한 슬픔을 느끼며) 아, 보인다 보여. 와, 진짜 멋지네.

요시타로　(기뻐서 어쩔 줄 모르며) 저기 궁전 안에서 내가 좋아하는 피리 소리가 들려온다구! 정말 아름다운 소리지.

부모는 집 안으로 들어가고, 미치광이 형은 지붕 위에서, 똑똑한 동생은 마당에서 함께 금빛 노을을 뚫어지게 바라보고 있다.

1) 세토나이카이 : 일본 혼슈 서부와 규슈, 시코쿠에 에워싸인 큰 호수.

2) 금비라 : 불법의 수호신. 일본에서는 항해의 안전을 지키는 신.

3) 텐구 : 하늘을 자유로이 날고 깊은 산에 살며 신통력이 있다는, 얼굴이 붉고 코가 큰 상상의 괴물.

기쿠치 간 (1888~1948)

일본의 소설가이자 극작가. 도쿄고등사범학교, 메이지대학, 와세다대학 등 여러 학교를 거친 뒤 교토대학 문학부 영문과에 들어가 학업을 마치고 《시사신보》의 기자로 일했다. 일본 문예가협회를 설립하고 아쿠타가와상, 나오키상 등 권위 있는 문학상을 만들어 새로운 작가들을 찾아내고 기르는 데 힘썼으며, 작가들에게 경제적인 도움도 많이 주었다. 주요 작품으로 희곡 〈폭도의 아이〉, 〈아버지 돌아오다〉, 소설 〈무명작가의 일기〉, 〈진주 부인〉 등이 있다.

1 요시타로는 왜 높은 데 올라가는 것을 좋아할까요? 높은 데 올라
가는 행동에 상징적인 뜻이 담겨 있다면 그것은 무엇일까요? 또
요시타로는 보통 사람들이 보지 못하는 것을 보고, 그것들과 대
화를 하면서 즐거워합니다. 보통 사람들이 보지 못하는 것을 보
고 듣는 일이란 어떤 의미를 가진 일일까요?

2 굿을 할 때 무당은 접신하여 금비라 신령의 목소리로 말하고 있
다고 주장하고 있습니다. 그런데 요시타로도 같은 신령과 잘 아
는 사이라고 말하고 있습니다. 그렇다면 두 사람 모두 신령을 만
날 수 있는 사람인 셈입니다. 그런데 왜 사람들은 요시타로는 미
치광이로 취급하고, 무당은 치료사로 인정하는 것일까요?

3 스에지로는 무당이 굿을 하면서 신령을 만났다는 것을 믿지 않고
돈을 벌기 위해 꾸민 짓이라고 생각합니다. 하지만 형이 신령을
만났다고 하면 그 말을 그대로 받아들입니다. 스에지로는 왜 무
당의 말은 믿지 않고 형의 말은 믿는 것일까요?

4 우리나라에서도 과거에는 집안사람이 병이 나면 종종 굿을 하였습니다. 하지만 오늘날에는 미신이라 하여 굿을 하는 풍속이 많이 사라졌습니다. 그렇다고 굿이 완전히 사라진 것은 아닙니다. 또 굿이 미신이 아니라 전통적인 종교 의식의 하나라고 생각하는 사람들도 있습니다. 여러분은 어떻게 생각합니까? 미신과 종교의 차이는 무엇일까요?

5 스에지로는 무당에게 신령이 내린 것이 아니라 요시타로에게 내린 것이라고 말합니다. 이 말은 무슨 뜻일까요?

〈지붕 위의 미치광이〉는 우리에게 두 가지 중요한 질문을 던지고 있습니다. 보통 사람과 달리 생각하고 특이하게 행동하는 사람을 비정상인이나 병자로 취급하는 일이 옳으냐 하는 것이 첫 번째 질문입니다. 두 번째 질문은 보통 사람이 이해하기 힘든 방식으로 산다고 하여 그것이 과연 불행하고 나쁜 것이냐 하는 것입니다.

특별함은 병일까?

사람들은 요시타로를 미친 사람으로 여기고 있습니다. 요시타로의 말과 행동은 보통 사람들과는 분명 다릅니다. 그는 보통 사람처럼 살지 않습니다. 하지만 요시타로가 정말 정신병에 걸린 것일까요?

우리가 어떤 것을 병이라고 부를 수 있으려면 병이 난 사람의 몸이나 정신에 어떤 해로운 일이 일어났어야 하고, 그 병 때문에 주변이나 사회에 해로운 일이 일어났어야 합니다. 하지만 요시타로는 자기가 하는 일이 즐겁고 행복하기만 합니다. 다른 사람에게 해를 끼치는 행동을 하지도 않고요. 사람들이 자기를 괴롭혀도 화를 내는 법이 없습니다. 그런 사람을 우리는 병이 났다고 할 수 있을까요? 그런 사람을 미치광이라고 할 수 있을까요?

미치광이와 천재

사람들은 자기들이 이해하지 못하는 말이나 행동을 하는 사람을 비정상인으로 취급하기도 합니다. 그리고 그런 사람은 뭔가 모자라다고 봅니다. 심하면 미쳤다고도 하지요. 하지만 거꾸로 생각할 수도 있습니다. 모자란 것은 오히려 보통 사람들일 수도 있습니다. 뛰어난 천재의 말이나 행동은 보통 사람들이 이해하지 못할 수 있습니다.

서양의 디오게네스라는 사람은 대낮에 등불을 들고 다녔는데 그 행동의 뜻을 이해하지 못한 사람들은 그를 미친 사람 취급했습니다. 하지만 그는 위대한 철학자였습니다. 갈릴레오는 모든 사람이 지구가 평평하다고 생각했을 때 지구는 둥글다고 주장했습니다. 사람들은 그가 미쳤다고 손가락질했지요. 심지어 그는 재판까지 받았습니다. 윌리엄 블레이크라는 시인은 천사의 환영을 보았습니다. 사람들은 그를 이상한 사람으로 생각했지만 그는 우리에게 뛰어난 시와 그림을 남겼습니다. 인류의 역사를 보면 수많은 현자와 과학자와 예술가들이 사람들로부터 미쳤다는 말을 들었습니다. 사람들은 자기들보다 더 뛰어난 사람들을 이해하지 못했습니다. 상상력이 풍부하고 창조적인 사람들은 늘 상식과 정상적인 것의 틀을 깨고 새로운 것을 생각하기 때문입니다. 그런 뛰어난 사람들이 비정상적으로 보이거나 바보로 보이는 수가 있습니다. 심지어는 미치광이로 보이기도 하지요.

달리 생각하고 달리 행동하는 사람들에 대한 차별

어느 사회를 막론하고 특이한 생각을 하거나 특이한 행동을 하는 사람은 늘 경계의 대상이 되어 왔습니다. 그런 사람을 비정상이라고 차별하거나 병자로 취급하여 치료하려고 하였고, 때로는 미치광이로 분류하여 감금하거나 추방하기도 하였습니다. 종교적인 생각이나 정치적인 생각이 너무 다르면 마녀로 부르며 죽이기도 하였습니다.

이런 관습이 지금도 완전히 사라진 것은 아닙니다. 하지만 남에게 해를 끼치지 않는다면 생각이나 행동이 특이하다고 하여 주변에서 따돌리고 차별하거나 미치광이 취급을 하는 것은 옳지 않습니다. 미치광이로 취급받는 사람들이 나중에는 인류와 사회를 위해 큰일을 할 뛰어난 사람들일 수도 있거든요. 세상에는 정상적인 정신을 가지고도 오히려 나쁘고 흉악한 짓을 저지르는 사람들이 많습니다.

미치광이와 예술가

이 작품에서 요시타로는 시인이나 예술가의 마음을 가진 사람을 상징할 수도 있습니다. 그가 늘 높은 데에 올라가고 싶어 하는 것은 다른 사람들보다 더 멀리, 더 넓게 보고 싶기 때문일 것입니다. 그는 지붕 위에 올라가 하루 종일 바다를 바라봅니다. 거기에서 그는 보통 사람들이 보지 못하는 무엇인가를 봅니다. 그는 오색구름과 어울리고 신령들과 이야기합니다. 이것은 그가 자연과 마음을 나눌 수 있고 자연과 대화할 수 있는 마음을 가진 사람이라는 것을 뜻합니다. 그런 점에서 그는 시인이나 예술가와 같은 사람입니다. 시인이나 예술가란 보이지 않는 것을 보고, 보이지 않는 것과 이야기할 수 있는 마음을 가진 사람이니까요. 주변 사람들은 요시타로의 그러한 능력을 알아차리지 못하고 그를 그저 정신에 탈이 난 미치광이라고만 여기고 있을 뿐입니다. 동생 스에지로만이 어렴풋이 형이 시인이나 예술가의 마음을 가진 사람임을 이해합니다. 스에지로도 금빛 노을을 보고 아름다움을 느낄 줄 알기 때문에 형과 같은 시인이나 예술가는 되지 못하더라도 시나 예술을 잘 이해할 줄 아는 사람일 것입니다.

시인과 무당

시인은 보통 사람이 보지 못하는 것을 보고, 생각하지 못한 것을 생각하고, 때로는 앞일을 정확하게 내다볼 때도 있습니다. 그런 면에서 오래전부터 시인은, 무속 신앙에서 신 내림을 받아 신통력을 가진다는 무당과 비슷한 능력을 가진 사람으로 여겨지기도 했습니다. 이 점과 관련해 이 작품에서 생각해 보아야 할 문제가 있습니다. 이 작품에 등장하는 무당은 신 내림을 받아 신령의 말을 대신하고, 신의 능력으로 요시타로의 병을 치료할 수 있다고 주장합니다. 그런데 요시타로 역시 그 무당이 모신다는 신령을 알고 있고, 그 신령과 친하다고 말하지요. 그렇다면 무당이나 요시타로가 비슷한 능력을 가진 셈입니다. 그런데 사람들은 왜 요시타로는 미치광이로 취급하고 무당은 영험한 사람으로 대접하는 것일까요?

미신과 종교

요시타로의 아버지는 의사가 해 주지 못하는 일을 무당이 해 줄 수 있다고 믿고 있습니다. 굿을 일종의 종교적 행위라고 생각하는 듯합니다. 과학이 하지 못하는 일을 종교가 해 준다고 믿고 있는 사람들이 많이 있습니다. 그런 사람들은 종교를 잘못 알고 있습니다. 참된 종교는 과학이 설명하지 못하는 세계의 신비를 설명하려고 하지만 과학이 알아낸 사실을 부정하지는 않습니다. 과학이 알아낸 사실을 받아들이려 하지 않고 세계를 제멋대로 설명하려는 것은 종교가 아니고 미신입니다. 미신은 미지의 세계에 대한 궁금증과 두려움을 이용하여 터무니없는 설명으로 사람들을 속입니다. 무속 신앙의 의례인 굿이 불행한 사람의 마음을 위로하는 의례로서 치러지는 것이라면 우리는 그것까지 미신이라고 부정할 필요는 없겠지요. 하지만 이 작품의 무당처럼 요시타로가 가진 시인의 마음을 제대로 이해하지 못하고 귀신이 씌었다고 거짓말을 하고 터무니없고 잔인한 방법으로 귀신을 쫓아내겠다고 하는 것은 과학적으로도 말이 안 되고 요시타로의 마음을 위로하는 일도 되지 못하니 그가 치르는 굿은 틀림없는 미신의 의례라고 봐야 할 것입니다. 신령의 명령을 따르지 않으면 천벌이 내린다는 저주의 말을 하는 것도 미신의 상투적인 수법이지요. 무당이 거짓말쟁이라는 것을 스에지로가 정확하게 본 것입니다.

특별한 것은 고통일까, 행복일까

요시타로의 부모는 아들에게 병이 났다고 생각합니다. 그래서 아들을 불쌍하다고 여기고 그 병을 치료해야 한다고 생각합니다. 땡볕에 뜨거운 지붕 위에 앉아 있으면 일사병에 걸려 죽을지도 모른다고 생각합니다. 하지만 요시타로는 고통스럽지도 않을 뿐 아니라 지붕 위에 앉아 바다를 바라보는 일이 즐겁고 행복하기만 합니다. 지붕이 뜨겁기는 하겠지만 뜨거움에서 오는 괴로움보다는 그곳에서 가질 수 있는 즐거움이 더 크기 때문에 작은 괴로움은 얼마든지 참을 만합니다. 그러니까 요시타로의 부모는 요시타로의 행복감은 이해하지 못하고 있는 것이지요. 부모에게는 고생스러워 보이는 일들이 자식들에게는 즐겁고 행복한 경우가 얼마든지 있습니다. 그들이 몰두하고 있는 일이 보통 사람들이 하지 않는 것이기 때문에 즐거움과 행복감은 몇 배나 더 클지도 모릅니다.

문명과 미치광이

보통 사람들보다 풍부한 상상력과 창조력을 가진 사람들은 흔히 요시타로처럼 미친 사람 취급을 받을 수 있습니다. 아마도 맨 처음 하늘을 날아 보고 싶다는 생각을 했던 사람도 미친 사람 취급을 받았을 것입니다. 하지만 우리는 그 사람 덕분에 지금 하늘을 날아다닐 수 있습니다. 우리가 지금 누리고 있는 대부분의 문명은 다 그와 같은 미치광이들의 상상력에서 나왔다고 볼 수 있습니다. 〈해리포터〉나 〈트랜스포머〉 같은 영화도 어쩌면 요시타로 같은 사람들의 상상력과 창조력에서 나왔다고 할 수 있겠고요. 우리가 오늘의 편리한 문명을 누리고 있는 것은 많은 부분이 어쩌면 그 같은 사람들 덕분이라고도 할 수 있습니다.

'예'라고 말하는 사람과

Der Jasager und der Neinsager

'아니오'라고 말하는 사람

— 학교 오페라

베르톨트 브레히트(Bertolt Brecht)

두 극이 쌍으로 이루어진 이 작품은 독일 작가 베르톨트 브레히트가 학생들에게 올바른 행동에 대한 가르침을 주기 위해 쓴 희곡입니다. 형식은 '학교 오페라'라는 부제가 말해 주듯이 음악극의 한 종류입니다. 등장인물이 노래로 대사를 전하고 합창단이 등장한다는 점에서 뮤지컬과 비슷합니다. 이러한 형식은 서양 고전극의 전통에 닿아 있다고 할 수 있습니다. 또 합창단을 이용하는 일본의 전통극인 '노〔能〕극'과도 관계가 있습니다. 사실 이 작품은 일본의 노 극 〈골짜기에 던지기〉를 각색한 작품입니다. 브레히트는 음악을 이용하여 낯선 느낌이 들게 하는 노 극의 형식이 자신의 연극 철학과 맞다고 생각하였고, 내용을 약간 고치면 학생들에게 좋은 가르침을 줄 수 있는 이야기가 될 수 있다고 보았습니다. 하지만 브레히트의 이 극은 일본의 〈골짜기에 던지기〉를 단순히 번안했다고 보기는 어렵습니다. 주제나 결말이 원작과 아주 다르기 때문입니다. 브레히트는 줄거리가 같으면서 결말은 정반대인 두 개의 작품을 썼습니다. 비슷한 상황이라도 문제의 성격과 조건이 다르면 우리가 선택해야 할 올바른 행동도 달라져야 한다는 것을 보여 주고 싶었던 것입니다. 따라서 〈'예'라고 말하는 사람〉과 〈'아니오'라고 말하는 사람〉을 읽을 때는 두 작품의 공통점과 차이점을 잘 살피면서 읽는 것이 매우 중요합니다.

나오는 사람들

교사

소년

어머니

세 명의 대학생

대합창단

'예'라고 말하는 사람

1

대합창단   동의하는 일을 배우는 건 무엇보다 중요합니다.

많은 사람이 '예'라고 말하지만, 진정으로 동의하는 건 아닙니다.

많은 사람이 물음을 받지도 않고, 잘못된 일에 동의합니다.

그러니까 제대로 동의하는 일을 배우는 건 중요합니다.

교사는 공간 1, 어머니와 소년은 공간 2에 있다.

교사   난 학교 선생이요. 우리 학교에 아버지를 여읜 학생이

한 명 있어요. 홀어머니 혼자 그 아이를 보살피지요.

가서 작별 인사라도 하려고 해요. 곧 산으로 떠나야

하거든요. 사실 우리 동네에 전염병이 퍼졌는데, 저

산 너머에 유능한 의사들이 살고 있다고 해서요. (교사가 문을 두드린다.) 계십니까?

소년　(공간 2에서 공간 1로 들어온다.) 누구세요? 아, 선생님, 선생님이 오셨군요.

교사　그동안 왜 학교에 오지 않았니?

소년　어머니가 아팠어요.

교사　그랬구나. 내가 왔다고 어머니한테 말씀드려라.

소년　(공간 2쪽으로 소리친다.) 어머니, 선생님이 오셨어요.

어머니　(공간 2에 앉아 있다.) 어서 들어오시라고 하렴.

소년　선생님, 들어오세요.

소년과 교사가 공간 2로 들어간다.

교사　오랜만에 뵙겠습니다. 몸이 편찮으시다고 들었어요. 좀 어떠세요?

어머니　나아질 리가 있나요. 이 병에는 약이 없답니다.

교사　뭔가 대책을 찾아봐야지요. 그래서 작별 인사차 들렀습니다. 약과 치료 방법을 구하러 내일 산 너머 도시에 가려고 해요. 그곳에 가면 병을 고칠 수 있는 의사들이 있답니다.

어머니　아픈 사람들을 구하러 가시는군요! 네, 저도 그곳에 훌륭한 의사들이 있다는 이야기를 들었습니다. 하지

만 그곳까지 가는 길이 위험하다면서요? 혹시 제 아

이를 데리고 가실 생각은 없으신가요?

교사   아이를 데리고 갈 곳은 아닙니다.

어머니   아, 그렇군요. 그럼 건강하게 잘 다녀오세요.

교사   네, 그럼 이만 가 보겠습니다. 안녕히 계세요.

공간 1로 퇴장한다.

소년   (교사를 따라 공간 1로 간다.) 선생님, 드릴 말씀이 있어요.

어머니가 문에서 엿듣는다.

교사   무슨 얘기니?

소년   선생님을 따라 산에 오르고 싶어요.

교사   안 된다고 어머니한테 벌써 말씀드렸어.

             가는 길이 위험해. 따라가기 힘들단다.

             더구나 편찮으신 어머니를 혼자 두고 어떻게 간단 말이냐.

             집에 있어라. 안 되는 일이다.

소년   어머니가 편찮으시니까

             아들인 제가 어머니를 위해

             산 너머 훌륭한 의사들한테서

             약과 처방을 구해 오고 싶어요.

교사　　그럼 내가 어머니와 다시 이야기해 볼게.

교사가 공간 2로 들어간다. 소년이 문 앞에서 엿듣는다.

교사　　다시 왔습니다. 아드님이 함께 따라가고 싶어 해서요. 아픈 어머니를 어떻게 두고 가느냐고, 힘들고 위험한 길이라고 말했는데, 그래도 어머니를 위해 산 너머 도시에서 약과 처방을 구하기 위해 함께 가겠답니다.

어머니　아들이 하는 말을 들었습니다. 선생님을 따라 위험한 산행을 하겠다는 아들의 진심을 의심치 않습니다. 얘야, 들어오너라!

(소년이 공간 2로 들어온다.)

네 아버지가 세상을 떠난 다음

내 옆에는 너 말고 아무도 없단다.

너를 위해 밥을 짓고 옷을 빨고

생활비를 마련할 때 말고

난 한 번도 너를 생각하지 않은 적이 없다.

내 눈 밖에 너를 둔 적도 없단다.

소년　　어머니 말씀이 다 맞아요. 그래도 저는 절대로 제 계획을 포기하지 않을 거예요.

소년, 어머니, 교사　저는(아이는) 위험한 길이지만 산 너머로 갈 거예요.

어머니(내, 어머니) 병을 고치기 위해,

약과 처방을 구하기 위해.

대합창단 선생님과 어머니는 어떤 말로도

아이의 마음을 바꿀 수 없다는 것을 알았습니다.

그래서 그들은 한목소리로 말했습니다.

교사와 어머니 많은 사람들이 잘못된 일에 동의하지요.

하지만 이 아이는

병이 난 사실에 동의하는 게 아니라

병을 치료하는 일에 동의합니다.

대합창단 어머니가 말합니다.

어머니 더 이상 말할 힘도 없구나.

꼭 그래야 한다면

선생님을 따라가거라.

하지만 빨리 와야 한다.

2

대합창단 사람들은 산으로 떠났습니다.

선생님과 아이도 함께했습니다.

아이는 힘든 여정을 견디지 못했습니다.

빨리 집에 가려고 무리를 했답니다.

동틀 무렵 산기슭에서

아이는 지쳐 한 발짝도

움직일 수가 없었습니다.

공간 1 안으로 교사와 세 명의 대학생이 들어서고, 마지막으로 항아리를 든 소년이 들어선다.

교사 우린 생각보다 빨리 올라왔어요. 저기 오두막이 보이는군요. 좀 쉬어 갑시다.

세 명의 대학생 그렇게 하지요.

대학생들이 공간 2에 있는 계단 위로 올라간다. 소년이 뒤에서 교사를 붙잡는다.

소년 드릴 말씀이 있어요.

교사 무슨 일이니?

소년 몸이 안 좋아요.

교사 안 돼! 이런 여행을 하면서 그런 말을 하면 안 되는 거다. 등산이 익숙지 않아 피곤한 모양이다. 잠시 쉬어라.

교사가 계단 위로 올라선다.

세 명의 대학생 아이가 지쳤나 보다. 선생님한테 물어보자.

대합창단 그래요, 그렇게 하시오!

세 명의 대학생   (교사한테) 아이가 지쳤나 봐요. 괜찮은가요? 아이

때문에 걱정되시죠?

교사   몸이 안 좋지만 다른 이상은 없어요. 산을 오르느라

지친 것 같아요.

세 명의 대학생   괜찮다는 말씀이군요?

긴 침묵.

세 명의 대학생 (서로)   들었지? 산을 오르느라 지쳤을 뿐이라잖아.

그런데 이상해 보이지 않아?

오두막을 지나면 좁은 산길이 나오는데

양손으로 바위벽을 붙잡고 가야 해.

아이가 아프지 않으면 좋은데.

몸이 아프면 여기 남겨 두고 가야 해.

(그들이 손나발을 하고 아래 공간 1쪽을 행해 소리친다.)

애야, 아프니? (대답이 없다.) 선생님한테 물어보자. (교

사한테) 아까 아이가 어떠냐고 물었을 때 산을 오르느

라 지쳤다고 하셨지요? 그런데 아이가 바닥에 주저앉

은 걸 보니 많이 아파 보여요.

교사   나도 지친 줄로만 알았는데, 병이 났더군요. 여러분이

아이를 들고 좁은 산등성이를 넘어가 주면 좋겠어요.

세 명의 대학생   그렇게 하지요.

대학생들이 소년을 들고 '좁은 산등성이'를 넘으려 한다. 연기자들이 계단, 밧줄, 의자 등을 이용해 산등성이를 혼자는 갈 수 있지만 소년을 들고 넘을 수는 없을 정도로 좁게 만든다.

세 명의 대학생 아이를 들고 갈 수도 없고 함께 남아 있을 수도 없어요. 우린 어떻게든 산을 넘어야 합니다. 우리가 약을 가져오기만을 많은 사람들이 기다리고 있으니까요. 끔찍한 말이지만 함께 갈 수 없으면 아이를 여기 두고 가는 수밖에 없어요.

교사 그래요, 아무래도 그래야 할 것 같아요. 달리 다른 말을 할 수가 없군요. 그래도 아픈 사람한테 물어보는 게 옳다고 생각해요. 자기 때문에 다른 사람들이 집으로 돌아가야 하는지 물어볼게요. 가슴이 아프네요. 가서 아이의 마음이 상하지 않게 운명에 대해 마음의 준비를 시키고 올게요.

세 명의 대학생 그렇게 해 주십시오.

서로 얼굴을 마주 보고 선다.

세 명의 대학생, 대합창단 자기 때문에 사람들이 돌아가기를 바라는지 아이한테 물어봅시다. (물어보았습니다.) 아이가 그렇게 원해도

우리는 (그들은) 돌아가지 않고

아이를 남겨 두고 가려 합니다. (남겨 두려 했습니다.)

교사　　(소년이 있는 공간 1로 내려간다.) 내 말 잘 들어라! 네가 아파 함께 갈 수 없으니 너를 여기 두고 가야 할 것 같다. 그래도 아픈 사람한테 자기 때문에 돌아가야 할지 반드시 물어보는 게 옳다. 보통의 경우 아픈 사람은 "돌아가면 안 돼요."라고 말하곤 하지.

소년　　무슨 말인지 알겠습니다.

교사　　너 때문에 사람들이 돌아가면 좋겠니?

소년　　돌아가면 안 돼요!

교사　　너를 혼자 남겨 두는 것에는 동의하니?

소년　　생각해 볼게요. (침묵) 예, 동의합니다.

교사　　(공간 1에서 공간 2를 향해 소리친다.) 아이는 어쩔 수 없는 상황에 동의했어요.

대합창단과 세 명의 대학생　　(공간 1로 내려가다가) 아이가 '예'라고 말했습니다. 계속 갑시다!

대학생들이 멈추어 서 있다.

교사　　그냥 가세요. 멈추어 서지 말아요.

계속 가기로 결정하지 않았습니까.

대학생들이 멈추어 서 있다.

소년   저기요, 드릴 말씀이 있어요. 저를 여기 내버려 두지

         말고 계곡에 던져 주세요. 혼자 죽는 게 무서워요.

세 명의 대학생   그렇게는 할 수 없지.

소년   제발! 그렇게 해 주세요.

교사   여러분은 아이를 이곳에 남겨 둔 채 계속 가기로 결정했어요.

         아이의 운명을 결정하는 건 쉽지만 실행하기는 어려워요.

         아이를 계곡에 던질 수 있겠어요?

세 명의 대학생   예. (대학생들이 소년을 공간 2 계단 위로 들고 간다.)

         머리를 우리 팔에 기대어라.

         마음을 편하게 가져.

         우리가 너를 조심해서 들고 갈게.

대학생들이 계단 뒤편에 있는 아이가 보이지 않게 가리며 선다.

소년   (보이지 않는 채)

         저는 이 산을 오르기 전에

         목숨을 잃을 수 있다는 사실을

         알고 있었습니다.

         하지만 아픈 어머니를 생각해 길을 떠났어요.

         집으로 돌아가게 되면

이 항아리에 약을 가득 채워

제 어머니한테 가져다주세요.

대합창단 친구들은 항아리를 받아들고

세상의 슬프고 외로운 길을,

비정한 세상의 법칙을 원망하며

계곡 아래로 아이를 던졌습니다.

발과 발을 맞대고 절벽 가장자리에 붙어 서서

눈을 감고 던졌습니다.

이웃보다 죄 많은 사람은 없습니다.

그들은 계곡 아래로 흙덩어리와 납작한 돌을 던졌습니다.

'아니오'라고 말하는 사람

1

대합창단   동의하는 일을 배우는 건 무엇보다 중요합니다.

많은 사람이 '예'라고 말하지만, 진정으로 동의하는 건 아닙니다.

많은 사람이 물음을 받지도 않고, 잘못된 일에 동의합니다.

그러니까 제대로 동의하는 일을 배우는 건 중요합니다.

교사는 공간 1, 어머니와 소년은 공간 2에 있다.

교사   난 학교 선생이요. 우리 학교에 아버지를 여읜 학생이 한 명 있어요. 홀어머니 혼자 그 아이를 보살피지요. 가서 작별 인사라도 하려고 해요. 곧 산으로 떠나야 하거든요. (교사가 문을 두드린다.) 계십니까?

소년   (공간 2에서 공간 1로 들어온다.) 누구세요? 아, 선생님, 선생님이 오셨군요.

교사   그동안 왜 학교에 오지 않았니?

소년   어머니가 아팠어요.

교사   그랬구나. 내가 왔다고 어머니한테 말씀드려라.

소년   (공간 2쪽으로 소리친다.) 어머니, 선생님이 오셨어요.

어머니	(공간 2의 나무 의자에 앉아) 어서 들어오시라고 하렴.
소년	선생님, 들어오세요.

소년과 교사가 공간 2로 들어간다.

교사	오랜만에 뵙겠습니다. 몸이 편찮으시다고 들었어요. 좀 어떠세요?
어머니	제 병 걱정은 마세요. 후유증도 없으니까요.
교사	다행입니다. 작별 인사차 왔습니다. 곧 산으로 학술 여행을 떠나거든요. 산 너머 도시에 훌륭한 학자들이 있다고 해서요.
어머니	산 너머로 학술 여행을 가시는군요! 네, 저도 그곳에 훌륭한 의사들이 있다는 이야기를 들었습니다. 하지만 그곳까지 가는 길이 위험하다면서요? 혹시 제 아이를 데리고 가실 생각은 없으신가요?
교사	아이를 데리고 갈 곳은 아닙니다.
어머니	아, 그렇군요. 그럼 건강하게 잘 다녀오세요.
교사	네, 그럼 이만 가 보겠습니다. 안녕히 계세요.

공간 1로 퇴장한다.

소년	(교사를 따라 공간 1로 간다.) 선생님, 드릴 말씀이 있어요.

어머니가 문에서 엿듣는다.

교사   무슨 얘기니?

소년   선생님 따라 산에 오르고 싶어요.

교사   안 된다고 어머니한테 벌써 말씀드렸어.

       가는 길이 위험해. 따라가기 힘들단다.

       더구나 편찮으신 어머니를 혼자 두고 어떻게 간단 말이냐.

       집에 있어라. 안 되는 일이다.

소년   어머니가 편찮으시니까

       아들인 제가 어머니를 위해

       산 너머 훌륭한 의사들한테서

       약과 처방을 구해 오고 싶어요.

교사   가는 중에 어떤 일이 닥치더라도 받아들이겠니?

소년   예.

교사   그럼 내가 어머니와 다시 이야기해 볼게.

교사가 공간 2로 들어간다. 소년이 문 앞에서 엿듣는다.

교사   다시 왔습니다. 아드님이 함께 따라가고 싶어 해서요.
       아픈 어머니를 어떻게 두고 가느냐고, 힘들고 위험한
       길이라고 말했는데, 그래도 어머니를 위해, 산 너머
       도시에서 약과 처방을 구하기 위해 가겠답니다.

| 어머니 | 아들이 하는 말을 들었습니다. 선생님을 따라 위험한 산행을 하겠다는 아들의 진심을 의심치 않습니다. 얘야, 들어오너라! |

(소년이 공간 2로 들어온다.)

네 아버지가 세상을 떠난 다음

내 옆에는 너 말고 아무도 없단다.

너를 위해 밥을 짓고 옷을 빨고

생활비를 마련할 때 말고

난 한 번도 너를 생각하지 않은 적이 없다.

내 눈 밖에 너를 둔 적도 없단다.

| 소년 | 어머니 말씀이 다 맞아요. 그래도 저는 절대로 제 계획을 포기하지 않을 거예요. |

소년, 어머니, 교사   저는(아이는) 위험한 길이지만 산 너머로 갈 거예요.

어머니(내, 어머니) 병을 고치기 위해,

약과 처방을 구하기 위해.

대합창단   선생님과 어머니는 어떤 말로도

아이의 마음을 바꿀 수 없다는 것을 알았습니다.

그래서 그들은 한 목소리로 말했습니다.

교사와 어머니   많은 사람들이 잘못된 일에 동의를 하지요.

하지만 이 아이는

병이 난 사실에 동의하는 게 아니라

병을 치료하는 일에 동의합니다.

대합창단	어머니가 말합니다.
어머니	더 이상 말할 힘도 없구나.
	꼭 그래야 한다면
	선생님을 따라가거라.
	하지만 빨리 와야 한다.

2

대합창단	사람들은 산속으로 떠났습니다.
	선생님과 아이도 함께했습니다.
	아이는 힘든 여정을 견디지 못했습니다.
	빨리 집에 가려고 무리를 했답니다.
	동틀 무렵 산기슭에서
	아이는 지쳐 한 발짝도
	움직일 수가 없었습니다.

공간 1 안으로 교사와 세 명의 대학생이 들어서고, 마지막으로 항아리를 든 소년이 들어선다.

교사	우린 생각보다 빨리 올라왔어요. 저기 오두막이 보이는군요. 좀 쉬어 갑시다.
세 명의 대학생	그렇게 하지요.

148

대학생들이 공간 2에 있는 계단 위로 올라간다. 소년이 뒤에서 교사를 붙잡는다.

소년   드릴 말씀이 있어요.

교사   무슨 일이니?

소년   몸이 안 좋아요.

교사   안 돼! 이런 여행을 하면서 그런 말을 하면 안 되는 거다. 등산이 익숙지 않아 피곤한 모양이다. 잠시 쉬어라.

교사가 계단 위로 올라선다.

세 명의 대학생   아이가 지쳤나 보다. 선생님한테 물어보자.

대합창단   그래요, 그렇게 하시오!

세 명의 대학생   (교사한테) 아이가 지쳤나 봐요. 괜찮은가요? 아이 때문에 걱정되시죠?

교사   몸이 안 좋지만 다른 이상은 없어요. 산을 오르느라 지친 것 같아요.

세 명의 대학생   괜찮다는 말씀이군요?

긴 침묵.

세 명의 대학생 (서로)   들었지? 산을 오르느라 지쳤을 뿐이라잖아.

그런데 이상해 보이지 않아?

오두막을 지나면 좁은 산길이 나오는데

양손으로 바위벽을 붙잡고 가야 해.

우리가 도와줄 수 없어.

위대한 관습대로 아이를 계곡 아래로 던져 버려야 하나?

(그들이 손나발을 하고 아래 공간 1쪽을 향해 소리친다.)

산을 오르느라 지쳤니?

소년　아니에요. 보시는 것처럼 이렇게 서 있잖아요.

아프면 앉았겠지요?

침묵. 소년이 바닥에 주저앉는다.

세 명의 대학생　선생님한테 말하자. 선생님, 아까 아이가 어떠냐
고 물었을 때 산을 오르느라 지쳤다고 하셨지요? 그
런데 아이가 바닥에 주저앉은 걸 보니 많이 아파 보
여요. 끔찍한 말이지만 옛날부터 이곳에는 계속 갈 수
없는 사람은 계곡으로 던져야 한다는 위대한 관습이
있습니다.

교사　뭐라고? 이 아이를 계곡으로 던지겠다고?

세 명의 대학생　네, 그렇게 할 겁니다.

교사　그래요, 나도 그 관습을 따르지 않을 수가 없을 것 같
아요. 하지만 아픈 사람한테는 자기 때문에 다른 사람

들이 돌아가야 하는지 물어보도록 정해 두었어요. 가
슴이 아프네요. 가서 아이의 마음이 상하지 않게 위대
한 관습에 대해 말해 주고 올게요.

세 명의 대학생　그렇게 해 주십시오.

서로 얼굴을 마주 보고 선다.

세 명의 대학생, 대합창단　자기 때문에 사람들이 돌아가기를 바라는지
　　　　　아이한테 물어봅시다. (물어보았습니다.)
　　　　　아이가 그렇게 원해도 우리는 (그들은) 돌아가지 않고
　　　　　아이를 계곡에 던지려 합니다. (던지려 했습니다.)

교사　(소년이 있는 공간 1로 내려간다.) 내 말 잘 들어라! 예부터
　　　　이런 여행을 하다가 아픈 사람은 계곡으로 던져야 한
　　　　다는 법이 있단다. 금방 죽게 되지. 하지만 자기 때문
　　　　에 사람들이 돌아가야 할지 아픈 사람한테 물어보는
　　　　관습도 있단다. 아픈 사람이 "돌아가면 안 됩니다."라
　　　　고 말할 수 있는 관습도 있고. 너를 대신해 차라리 내
　　　　가 죽고 싶구나!

소년　무슨 말인지 알겠습니다.

교사　너 때문에 사람들이 돌아가면 좋겠니? 아니면 관습대
　　　　로 계곡에 던져지고 싶니?

소년　(생각한 다음) 아니오. 저는 그 관습에 동의하지 않겠습

니다.

교사 (공간 1에서 공간 2를 향해 소리친다.) 내려오세요! 아이는 관습에 동의하지 않았어요.

세 명의 대학생 (공간 1로 내려가면서) 아이가 동의하지 않았대. (소년한테) 너는 왜 관습대로 대답하지 않니? 일관성 있게 말해야 한다. 함께 가는 중에 일어나는 일을 다 받아들이겠느냐는 질문에 너는 "예"라고 대답했다.

소년 제가 한 대답은 잘못되었습니다. 하지만 여러분의 질문은 더 잘못되었습니다. 반드시 일관성 있게 말할 필요는 없습니다. 말을 잘못했다는 걸 깨달을 수도 있으니까요. 어머니한테 약을 구해 드리려 했는데, 제가 병이 나 버렸으니 그렇게 할 수가 없잖아요. 저는 집으로 곧장 돌아가고 싶습니다. 여러분한테 돌아가라고, 저를 집으로 데려다 달라고 부탁드립니다. 연구는 나중에 하셔도 됩니다. 저 너머에 배울 게 있기를 바라지만 이 상황에서는 돌아가야 할 뿐입니다. 오래된 이 위대한 관습은 이성적이지 못한 거예요. 지금 당장 실천할 수 있는 새로운 위대한 관습이 필요하다고 생각합니다. 이를테면 새로운 상황이 닥쳤을 때 새롭게 생각해 보는 관습 말입니다.

세 명의 대학생 (교사한테) 어떻게 해야 하죠? 아이의 말이 대단하지는 않지만 이성적입니다.

교사　　어떤 결정을 내릴 건지는 여러분한테 맡길게요. 하지만 돌아가면 분명 비웃음과 비난이 우리한테 쏟아질 거예요.

세 명의 대학생　　아이가 자신을 변명하는 일이 수치스러운 일은 아닌가요?

교사　　수치스러운 일은 아니지요.

세 명의 대학생　　그렇다면 저희도 돌아가겠습니다. 어떤 수치와 비난도 이성적인 일을 막지는 못할 것입니다. 아무리 오래된 전통도 올바른 사고를 하는 우리를 방해하지는 못할 것입니다.

　　머리를 우리 팔에 기대어라.

　　마음을 편하게 가져.

　　우리가 너를 조심해서 들고 갈게.

대합창단　　그렇게 친구들은 친구를 들고

　　새로운 관습과 새로운 법칙을 세웠습니다.

　　그리고 아이를 데리고 돌아갔습니다.

　　나란히 서로 붙어서

　　비난을 향해 갔습니다.

　　비웃음을 향해, 눈을 부릅뜨고.

　　이웃보다 더 비겁한 사람은 없습니다.

베르톨트 브레히트 (1898~1956) ···

독일의 시인이자 극작가. 제1차 세계대전을 겪으면서 마르크스주의 사상을 받아들여 부르주아 사회의 문제와 모순을 드러내는 희곡과 소설들을 쓰게 된다. 정치적 이유로 여러 나라에서 망명생활을 하다가 베를린에 정착한 뒤에는 자신의 작품을 무대에 올리는 일에 전념하였다. 주요 작품으로 희곡 〈억척 어멈과 그 자식들〉, 〈갈릴레오의 생애〉, 〈세추안의 선인〉 등이 있고 '서사극'이라고 불리는 유명한 극작 이론을 제시했다.

1 〈'예'라고 말하는 사람〉에서 소년은 혼자 남겨 두고 가는 것에 동
의하느냐는 교사의 물음에 한동안 생각한 다음에 동의한다고 말
합니다. 소년은 왜 자기가 혼자 남는 것이 옳다고 생각하였을까
요?

2 〈'아니오'라고 말하는 사람〉에서 소년은 여행에 지장을 주는 사
람을 계곡에 던지는 관습에 동의하지 않겠다고 말합니다. 여러분
은 그러한 관습에 따르기를 거절하는 소년의 말에 동의하나요?

3 〈'아니오'라고 말하는 사람〉에서 교사는 관습을 따르지 않게 되
면 사람들의 비웃음과 비난이 쏟아질 것이라고 말하고 있습니다.
왜 관습을 따르지 않으면 비웃음과 비난을 받게 되는 것일까요?
관습이라는 것은 무엇일까요?

4 많은 사람들의 생명이나 중대한 이익을 위해서 개인이 희생되어
야 하는 경우가 있을까요? 있다면 어떤 경우일까요? 그리고 꼭
개인의 희생이 필요한 것일까요?

5 이 작품에서 대합창단이 어떤 구실을 하는지 이야기해 봅시다. 대합창단이 없는 경우와 있는 경우를 각각 생각해 보고 두 가지 경우가 극의 효과에 미치는 영향을 생각해 보세요.

6 〈'예'라고 말하는 사람〉과 〈'아니오'라고 말하는 사람〉에서 한결 같이 강조하는 것은 올바른 동의입니다. 어떻게 동의해야 올바른 동의가 되는지 일상생활의 경우를 통해 예를 들어 보세요.

올바른 동의와 거부

'예'와 '아니오'를 말하는 문제는 얼핏 생각하면 쉬운 일 같지만 생각만큼 쉽지 않습니다. 싫어도 받아들여야만 하는 일이 있고, 좋아도 받아들여서는 안되는 일이 있으니까요. 이를테면 약을 먹는 일은 아무리 싫어도 병을 고치기 위해서는 받아들이지 않을 수 없습니다. 약에 대해서는 '예'라고 할 수밖에 없는 것입니다. 하지만 좋아하는 음식이라도 몸에 나쁜 성분이 들어 있으면 '아니오'라고 해야겠지요. '예'라고 했다가는 자칫 병에 걸릴 수 있을 테니까요. 상황이 그보다 복잡해 판단하기가 어려운 경우도 있습니다. 여러 사람이 큰 위험에 빠졌습니다. 내가 손을 쓰면 그들을 구할 수가 있습니다. 그 대신 내가 다치거나 심지어 죽을 수도 있습니다. 이러한 경우, 나는 어떻게 해야 할까요? 나는 여러 사람을 구하는 일에 '예'라고 해야 할까요, '아니오'라고 해야 할까요?

공동체를 위한 개인의 자발적인 희생은 위대하다

브레히트가 〈'예'라고 말하는 사람〉을 통해 학생들에게 가르치고 싶었던 것은 여러 사람을 살리기 위해서는 개인이 자신을 희생할 수 있어야 한다는 것입니다. 수많은 사람의 목숨을 살리기 위해 정해진 시간 안에 어떤 위험물을 제거할 임무를 맡고 파견된 일행이 있다고 합시다. 일행 가운데 부상을 당해 움직일 수 없는 부하가 있다면 대장은 비정하게 여겨지더라도 그 부상당한 부하를 버릴 수밖에 없을 것입니다. 아니 대장이 부하를 버려야 하는 것이 아니라, 부상당한 부하가 스스로 자기를 버리고 가라고 부탁해야겠지요. 그렇지 않으면 모두가 죽을 수밖에 없으니까요. 이때 부상당한 부하는 다른 일행의 부담을 덜어 주기 위해 스스로 목숨을 끊기도 합니다.
〈'예'라고 말하는 사람〉에 나오는 병든 소년도 그러한 선택을 합니다. 그 선택은 깊은 생각 끝에 나왔습니다. 소년은 자기 목숨을 살리기 위해 마을 사람들이 다 죽어 가는 것을 받아들일 수 없습니다. 소년은 어머니와 마을 사람들을 살리기 위해 자신이 죽을 수밖에 없음을 압니다. 그래서 자신의 죽음을 받아들입니다. 소년은 자신의 목숨을 버려도 좋다는 선택에 '예'라고 말하는 것입니다. 비극적이지만 그러한 희생은 아름답고 위대하다는 것이 〈'예'라고 말하는 사람〉이 가르치고자 하는 것입니다. 브레히트는 병든 사회를 치유하고 건강한 공동체를 이룩하려면 개인이 스스로 희생을 선택할 수 있는 위대한 행동이 필요하다고 생각했습니다.

희생을 강요할 수 있을까?

하지만 〈'예'라고 말하는 사람〉에 들어 있는 가르침은 개인의 희생을 어쩔 수 없는 것으로 단정하고 있다는 점에서 비판을 받을 수 있습니다. 소년의 선택은 깊은 생각 끝에 나온 자발적인 선택이기는 하지만 교사와 대학생들은 비정하게도 이러한 희생이 불가피하다고 판단하고 있습니다. 교사는 "보통의 경우 아픈 사람은 '돌아가면 안 돼요' 하고 말하곤 하지."라고 말함으로써 소년의 희생을 거의 강요하기까지 합니다. 이러한 희생을 통해 얻어진 여러 사람의 목숨이 진정 존엄한 가치가 있는 목숨일 것인가 하는 생각이 들 수도 있습니다. 이처럼 강요된 개인의 희생을 바탕으로 여러 사람을 살리는 방법이 과연 윤리적인가 하는 문제는 깊은 토론이 필요합니다.

옳지 않은 관습은 거부하는 것이 옳다

〈'아니오'라고 말하는 사람〉은 〈'예'라고 말하는 사람〉과 비슷한 상황을 다루면서도 결말은 다릅니다. 소년은 교사와 대학생들이 말하는 "위대한 관습"에 동의하지 않습니다. 소년은 그 관습이 옳지 않다고 생각합니다. 일행의 여행에 방해가 되는 사람을 골짜기에 던져 죽이는 관습은 비합리적이고 비인간적이라고 생각합니다. 병든 어머니를 위해 약과 처방을 구하러 떠난 여행이긴 하지만 〈'아니오'라고 말하는 사람〉에서 여행은 그저 '학술 여행'입니다. 소년은 학술 여행에 지장을 준다고 해서 사람을 죽여야 한다는 관습이 있다면 그것은 옳은 관습이 아니라고 판단합니다. 옳은 관습이 아니라면 그것을 맹목적으로 따르기보다 그것을 거부하고 새로운 관습을 세우는 것이 더 옳다는 것이 소년의 생각입니다.

교사는 관습을 따르지 않게 되면 사람들의 비웃음과 비난이 쏟아질 것이라고 말하고 있습니다. 왜 관습을 따르지 않으면 비웃음과 비난을 받게 되는 것일까요? 관습이라는 것은 어떤 사회나 공동체가 오랜 경험을 통해 공동체의 질서와 이익에 바람직하다고 여겨 확립한 삶의 방식이나 가치 같은 것입니다. 사람들은 관습을 따르는 것이 사회와 공동체에 유익하다고 믿습니다. 관습을 따르지 않으면 질서가 무너지고 삶에 불편이나 해악이 온다고 생각하지요. 그래서 관습을 지키지 않는 사람을 싫어하고 욕하고 따돌리게 됩니다. 하지만 어떤 관습에 대해서는 그것이 왜 생겼는지도 모른 채 사람들이 그것을 기계적으로 따르는 수가 있습니다. 세상에 여러 변화가 일어나 옛 관습이 새로운 환경에 맞지 않게 되었는데도 말입니다. 그때는 그 사실을 빨리 깨닫고 새로운 삶에 맞는 새로운 관습을 만들어 내는 것이 중요합니다. 물론 보수적인 사람들은 심하게 반발할 수도 있겠죠. 하지만 〈'아니오'라고 말하는 사람〉의 소년, 그리고 소년의 말을 받아들이는 대학생들과 교사처럼, 어떤 일이 이성적인 일이라고 판단되면 비웃음과 비난을 무릅쓰고라도 그것을 주장하고 실천하는 것이 올바른 행위일 것입니다. 〈'아니오'라고 말하는 사람〉은 불합리한 관습을 거부할 줄 아는 용기 있고 이성적인 행위가 옳다는 것을 이야기하고자 하는 극이라고 할 수 있습니다.

철도 건널목 *Crossroads*

- 슬픈 희가극

A Sad Vaudeville

· · · · ·

카를로스 솔로르사노(Carlos Solórzano)

이 작품은 서로 오랫동안 편지를 주고받다가 처음 만나게 되는 남자와 여자의 이야기를 다루고 있습니다. 그들은 편지를 통해 서로를 이해하게 되었다고 믿고 상대방이 자신의 이상적인 연인이 될 수 있기를 기대합니다. 두 사람의 로맨틱한 만남은 과연 성공할 수 있을까요?

　이 작품은 우리에게 익숙한 사실주의 극과는 많이 다릅니다. 무대 장치, 등장인물, 무대 위에서 벌어지는 사건 등이 현실적으로 느껴지지 않습니다. 이 작품에 등장하는 기차를 세 남자가 회색 옷을 입고 무언극처럼 움직이며 연기하는 것이 그 한 예입니다. 다른 등장인물들의 움직임도 무언극의 동작처럼 기계적입니다. 작가는 그들의 움직임을 일부러 부자연스럽게 함으로써 현실과는 다른 느낌이 나도록 했습니다. 중요한 등장인물인 남자와 여자의 말과 행동도 우리가 실제 삶에서 보는 사람들의 그것과는 많이 다릅니다. 철도 건널목지기도 도무지 현실의 건널목지기 같은 느낌을 주지 않습니다. 작가는 이처럼 현실과는 다른 느낌을 주는 방법을 사용함으로써 관객들로 하여금 표면의 의미와는 다른 의미를 보도록 하고 있습니다. 작가가 정작 말하고 싶은 것이 무엇인지를 깊이 생각하면서 이 작품을 읽어 봅시다.

나오는 사람들

남자

여자

건널목지기

기차

배경   무대는 비어 있고 어둡다. 무대 한쪽 끝에 서 있는 신호기에서
초록불과 빨간불이 번갈아 가며 반짝인다. 중앙 천장에 커다란 시계가 매달
려 있다. 시곗바늘이 다섯 시 정각을 가리키고 있다.

등장인물들은 무성영화에 나오는 사람들처럼 기계적으로 움직여야 한다.
남자는 빠른 동작으로 여자는 느린 동작으로 움직인다. 막이 오르면 건널목
지기가 신호기 반대편 쪽의 무대 끝에서 손전등을 켜 들고 서 있다. 자세는
뻣뻣하고 표정은 무심하다.

건널목지기   (허공을 응시하며 감정이 섞이지 않은 목소리로) 남행 열차
            가 통과합니다. 남행 열차가 통과합니다. 남행 열차
            가 통과합니다. (무대 뒤로 기차가 통과하는 동안 건널목지
            기는 같은 말을 서너 번 되풀이한다. 세 남자가 회색 옷을 입
            고 기차 역할을 맡는다. 기차 역할을 하는 사람들은 한쪽 팔을
            뻗어 앞사람의 어깨에 손을 얹고, 건널목지기의 말에 리듬을

맞추어 또 다른 팔로 원을 그리며 기계적으로 지나간다.) 남행 열차가 통과합니다. (되풀이한다.) (요란한 기적 소리. 기차 꽁무니에 서 있던 남자가 기차에서 뛰어내리는 듯한 동작을 한다. 기차는 무대 오른쪽으로 사라진다.)

남자   (조그만 손가방을 들고 있다. 주위를 둘러보더니 천장의 시계와 자신의 손목시계를 비교해 본다. 해맑은 얼굴이며, 스물다섯 살쯤 되어 보인다. 건널목지기한테 말을 건다.) 안녕하세요. (건널목지기는 대답 대신 남행 열차가 통과한다는 말만 되풀이할 뿐이다.) 이 차표의 정차역이 여기가 맞지요? (그는 차표를 건널목지기 눈앞에 내민다. 건널목지기는 고개를 끄덕인다.) 이 시간쯤 기차가 서는 거 맞죠?

건널목지기   (쳐다보지도 않고) 여기에는 기차가 서지 않습니다.

남자   건널목지기시죠?

건널목지기   사람들이 여러 가지로 부릅니다.

남자   혹시 이 근처에서 어떤 여자를 보지 못했나요?

건널목지기   아무도 못 봤소.

남자   (건널목지기한테 다가서며) 제가 찾고 있는 여자는 말입니다…….

건널목지기   (말을 가로막으며) 여자라면, 다들 비슷하게 생겼잖소.

남자   아, 아닙니다. 그 여자는 달라요. 그 여자는 제가 몇 년 동안이나 기다린 여자예요. 만나는 날 옷에 흰 꽃을 달기로 했습니다. 아니, 노란 꽃이던가? (초조하게 주머니를 뒤지더니 종이 한 장을 꺼내 들고 읽는다.) 아니, 흰 꽃이 맞아요. 편지에 그렇게 썼어요. (건널목지기는 귀찮은 듯 몇 걸음 떨어진다.) 이런 말까지 드리는 거 죄송하지만, 보시면 그 여자를 찾는 일이 저한테 얼마나 중요한지 이해하실 수 있을 겁니다. 왜냐하면…….

건널목지기 (다시 말을 막으며) 어떤 여자 말이오?

남자 제가 찾고 있는 여자 말입니다.

건널목지기 당신이 찾고 있는 여자는 몰라요.

남자 제가 방금 말씀드린 그 여자 말입니다.

건널목지기 아…….

남자 지나갔는데 못 보셨을 수도 있습니다. (건널목지기가 어깨를 으쓱한다.) 아무래도 다 말씀드려야 할 것 같군요. 그럼 생각날지도 모르니까요. 키가 크고 날씬합니다. 머리칼은 까맣고, 눈은 푸른색이고 큽니다. 옷에 흰 꽃을 달고 있습니다. (걱정스러운 듯이) 그런 여자를 이 근처에서 본 적이 없나요?

건널목지기 모르는 사람인데 이 근처를 지나간 적이 있는지 없는지 내가 어찌 알겠소.

남자 죄송한데요, 제가 지금 마음이 초조해서 그런 건지, 말씀이 너무 지나치신 것 같군요. 제가 여쭤 보는 말에 대답은 않고…….

건널목지기 그건 내 일이 아니오.

남자	그래도 건널목지기라면 물어보는 말에 대답할 줄은 아셔야 할 것 같은데요. (사이) 그 여자가 편지에 이곳에서 다섯 시에 만나자고 썼어요. 여기 철도 건널목에서 말이에요. (차표를 읽는다.) 이곳 지명을 어떻게 발음해야 하는지는 모르지만 아무튼 이곳이 맞아요. 그 여자와 제가 사는 곳의 중간 지점이라서 이곳으로 정했어요. 이런 데이트라 해도, 그러니까 로맨틱한 데이트라 해도, 공평해야 하니까요. (건널목지기는 말을 알아듣지 못하고 멀뚱하게 남자를 쳐다본다.) 맞아요, 로맨틱한 데이트죠. (순진하게 자랑스러워하며) 따분하실지 모르겠지만 말씀드려야겠군요. 어느 날 잡지에서 광고를 봤어요. 그 여자가 낸 광고였죠. 얼마나 멋진 광고인지 몰라요! 저 같은 젊은 남자가 필요하다는 겁니다. 외롭게 살고 싶지 않아 남자를 사귀고 싶다는 거예요. (사이) 편지를 썼더니 답장이 왔어요. 그래서 사진을 보냈죠. 그랬더니 그 여자도 사진을 보냈습니다. 얼마나 미인인지 상상도 못할 겁니다!
건널목지기	(남자의 이야기를 거의 듣지 않은 채) 뭘 파는 사람이오?
남자	(놀라서) 누가요?
건널목지기	광고를 낸 여자 말이오.
남자	무슨 말씀입니까? 쑥스러워하는 성격이라서 광고를 냈다고 하던데. 광고를 내면 혹시 도움이 될까 하고요.

건널목지기	다 뭔가를 파는 사람들이에요.
남자	(답답하다는 듯이) 제 말을 잘 못 알아들으시군요.
건널목지기	그럴 수 있다는 얘기예요.
남자	제 말은요, 제 마음이 지금 얼마나 설레는지 모르신 단 말입니다. 제가 지금 그녀를 만나러 왔거든요. 모 르는 사람이지만요.
건널목지기	어떻게 그럴 수 있단 말이오?
남자	(기분이 상해서) 아니, 잘 알아요. 만난 적은 없지만.
건널목지기	흔해 빠진 일이오.
남자	그렇게 생각하세요?
건널목지기	그 반대도 흔해 빠진 일이고.
남자	무슨 말인지 모르겠어요.
건널목지기	알 거 없소.
남자	하지만 말도 안 되는 소리만 하시잖아요! 제가 로맨 틱한 걸 좋아는 해도 허튼 농담을 좋아하는 사람은 아니거든요. (건널목지기가 다시 어깨를 으쓱한다.) 게다 가 이렇게 기다려야 하는 것도 짜증이 난다구요. 여 기가 이렇게 어두운 것도 짜증나고, 저 시계가 가지 않는 것도 그래요. 도대체 여긴 시간이 가지 않는 곳 같아요.

갑자기 날카로운 기적 소리가 들려온다. 신호기가 다시 살아나 초록불을 번

쩍거린다. 건널목지기는 다시 뻣뻣한 자세가 되더니 허공을 응시하며 똑같은 말을 되풀이한다.

건널목지기　(큰 소리로) 북행 열차가 통과합니다. 북행 열차가 통과합니다. 북행 열차가 통과합니다. (되풀이한다.)

기차가 오른쪽에서 왼쪽으로 무대 안쪽을 지나간다.

남자　(큰 소리로) 저기, 저 기차! 분명히 저기 탔을 거야. (기차를 향해 달려간다. 기차가 남자를 칠 듯이 스치면서, 멈추지 않고 통과한다. 남자는 양손을 허리에 올리고 무대 중앙에 남아 있다. 실망한 표정) 저 기차에 타지 않았어.

건널목지기　당연하지.

남자　무슨 말입니까?

건널목지기　오지 않을 테니까.

남자　누가요?

건널목지기　당신이 기다리는 남자 말이오.

남자　난 여자라고 했어요.

건널목지기　마찬가지요.

남자　어떻게 남자가 여자와 같단 말입니까?

건널목지기　같진 않지만 어떤 점에서는 같소.

남자　말을 잘도 바꾸시네.

건널목지기	난 모르겠소.
남자	(벌컥 화를 내며) 그럼 도대체 아는 게 뭐예요?
건널목지기	(무심하게) 저것들이 가는 곳.
남자	기차 말이에요?
건널목지기	다 같은 곳으로 가지.
남자	무슨 말이에요?
건널목지기	오고 가지만 결국은 서로 만나게 된다고.
남자	그게 말이 됩니까?
건널목지기	하지만 사실이오. 불가능해 보이는 것들이 언제나 현실이 되니까.
남자	(건널목지기 말에 정신이 드는 듯 화를 누그러뜨리고 차분해진다.) 옳은 말씀입니다. (주저하며) 이를테면, 제가 그 여자랑 만나는 게 불가능한 일처럼 보이지만 제 인생에서 확실한 현실은 이것뿐이죠. (갑자기 괴로워하는 목소리로) 그런데 다섯 시 십 분입니다. (손목시계를 본다.) 여자는 오지 않는군요. (남자가 건널목지기의 팔을 붙들지만 건널목지기는 무덤덤하다.) 도와주세요. 제발 머리를 쥐어짜서 기억 좀 해 보세요! 마음만 먹으면 그 여자를 봤는지 못 봤는지 말해 줄 수 있을 거 아닙니까.
건널목지기	그냥 한 번 본다고 해서 그 사람이 신문에 광고를 낸 그 사람인지 아닌지 어떻게 안단 말이오.
남자	(다시 언짢아하며) 어떻게 생겼는지는 이미 설명했잖

습니까!

건널목지기   (끄덕도 하지 않고) 미안하오. 잊어버렸소.

그러는 사이 검은 옷차림을 한 여자가 나타나 남자 뒤쪽으로 다가온다. 키가 크고 날씬한 여자다. 얼굴에 두툼한 베일이 드리워져 있다. 그녀는 무언극의 동작으로 가볍게 걷는다. 옷 위에 커다란 흰 꽃을 달고 있다. 건널목지기는 손전등을 들어 올려 여자를 살펴본다. 남자는 불빛에 눈이 부셔 눈을 가린다. 여자는 자신의 모습이 드러난 걸 알고 옷에서 얼른 흰 꽃을 떼어 버린다. 그러더니 꽃을 가방에 넣고 돌아서서 꼼짝하지 않는다.

남자   (눈을 가린 채로) 아이참! 그 전등 좀 치울 수 없어요?

건널목지기   (버릇처럼 다시 뻣뻣한 자세로 돌아오며) 미안하오.

남자   (건널목지기한테) 누가 들어왔죠, 그렇죠?

건널목지기   별일 아니오.

남자   (여자의 모습을 발견하고는 여자한테 달려간다. 우뚝 멈춘다.) 아……. (수줍은 태도로) 저, 죄송합니다만…….

여자   (등을 돌린 채) 네?

남자   (당황하며) 저는 혹시…….

여자   네.

남자   (결심한 듯) 제가 찾고 있는 분이 아닌가 했습니다. (여자는 움직이지 않는다.) (사이) 얼굴을 좀 뵈어도 되겠습니까?

여자	얼굴을요?
남자	(불안한 어조로) 예. 꼭 봐야 합니다.
여자	(돌아서지 않고) 왜죠? (천천히 돌아서기 시작한다.)
남자	그러니까…… 왜냐하면……. (얼굴에 베일이 드리워져 있는 것을 보고 뒤로 물러선다.) 옷에 아무것도 꽂지 않았군요. 하지만…….
여자	(떨면서) 하지만요?
남자	키도 비슷하고 체격도…….
여자	(농담조로) 정말요?
남자	(의심쩍어하며) 이곳에 어떻게 오셨는지 말씀해 주실 수 있으세요? 기차를 보지 못했는데.
여자	(말을 가로막고 더듬거리며) 그러니까…… 미리 왔죠. 미리 와서 기다렸어요.
남자	미리라니, 몇 시 전에 말입니까?
여자	우린 모두가 어떤 시간을 기다리죠. 당신은 그렇지 않습니까?
남자	(슬프게) 맞아요.
여자	서로를 알아보고, 손을 내밀 수 있는 순간은 한순간밖에 없다고 생각해요. 그 순간을 놓치면 안 되죠.
남자	무슨 뜻이죠? 당신은 누구시죠?
여자	지금 이 순간, 제가 늘 되고 싶었던 바로 그 여자입니다.

남자	(소심하게) 얼굴을 보여 주실 수 없습니까?
여자	(놀라서) 왜요?
남자	제가 찾는 건 오직 한 사람의 얼굴, 특별한 얼굴, 아주 다른 얼굴입니다.
여자	(그 자리를 떠나면서) 죄송해요. 그럴 수 없어요.
남자	(괴로워하는 몸짓으로 여자를 따라가며) 죄송합니다. 제가 바보였습니다. 잠시 당신이 그 여자일지도 모른다고 생각했습니다. 하지만 말도 안 되는 생각이었죠. 당신이 그 여자였다면 곧장 제게로 왔을 테니까요. 우린 서로 만나고 싶어 멀리서 왔으니까.
여자	(떨면서) 그 여자는 자기가 찾는 사람을 만나기가 두려워 붙잡지 않고 그냥 보내 버릴지도 몰라요.
남자	아니오. 그것도 말이 안 됩니다. (사이) 어쨌든 죄송합니다. (여자한테서 멀어지더니 자신의 작은 여행 가방 위에 등을 돌리고 앉는다.) 여기에서 기다리겠습니다.

남자가 여자를 보고 있지 않는 사이, 여자는 천천히 베일을 걷어 올린다. 얼굴을 드러낸 여자는 분명 나이가 들어 보인다. 이마에 깊은 주름이 패어 있다. 마치 늙은 여자의 가면을 쓴 듯하다. 여자의 얼굴은, 아직도 날씬하고 나이를 먹지 않은 몸과 뚜렷한 대조를 이룬다.

여자	(자신을 빤히 바라보는 건널목지기한테) 당신은 처음부터

저를 보았죠? 왜 저 사람한테 말해 주지 않았어요?

건널목지기 (무심하게) 누구한테 말이오?

여자 (남자를 가리키며) 저 사람 말이에요. 저 사람밖에 더 있어요.

건널목지기 잊어 먹었소.

여자 (갑자기 괴로워하며) 저 사람한테 제가 바로 그 여자라고 말할까요? 저 사람이 이 늙은 얼굴에서 제 몸뚱이가 아직 채우지 못한 안타까운 갈망을 발견할 수 있을까요? 저에겐 젊었을 때보다 지금 더 절실히 저 사람이 필요해요. 이런 제 마음을 저 사람한테 어떻게 전하죠? 저 사람이 지금 보고 있는 건 예쁘게 꾸민 제 젊은 시절 사진이에요. 그때보다 지금 더 절실하게 저 사람이 필요하단 말이에요.

그러는 동안 남자는 넋을 잃은 채 사진을 들여다보고 있다. 여자는 다시 베일로 얼굴을 가리고 남자한테 다가간다.

여자 그 여자는 많이 늦나 보죠?

남자 (등을 돌린 채) 그렇군요.

여자 여자가 오지 않으면 많이 속상하시겠죠!

남자 (몸을 획 돌리며) 와야 합니다.

여자 하지만 이건 아셔야 해요. 그 여자가 스스로 나서고 싶지 않은 건지도 몰라요. 당신이 자기를 발견해 주길 기다리고 있을지도 모른다고요.

남자 무슨 말인지 모르겠군요.

여자 (남자한테 바짝 다가서며) 저한테 친구가 하나 있어요. 늘 혼자 살아온 친구예요. 그래도 이 친구는 혼자 사는 것보다는 누군가와 사귀는 게 더 좋다고 생각했죠. (잠시 말을 멈춘다. 남자는 흥미를 보이며 여자의 말에 귀를 기울인다.) 그 친구는 못생겼어요. 아주 못생겼지요. 그래서 차마 남자를 만나지는 못하고 그냥 머릿속으로만 상상했나 봐요. 또 자기 모습을 사진으로 찍는 걸 좋아했어요. 그러고 나서 찍은 사진을 예쁘게 꾸몄어요. 그러니 그 사진은 자기 사진이면서 동시에 자기 사진이 아니기도 했어요. 그 친구는 젊은 남자들과 편지를 주고받으면서 그 사진들을 보냈어요. 그리고 애정을 담은 말로 남자들을 유혹하여 자기 집 근처로 불렀어요. 하지만 제 친구는 남자들이 나타나도 창문 뒤에서 나오질 않았지요. 절대 자기 모습을 보여 주지 않으려 했어요.

남자 저한테 왜 그런 이야기를 하시는 겁니까?

여자 (말을 듣지 않고) 그 여자도 만나 보고 싶어 했어요. 남자들이 자기를 보러 온 걸 알고 있었으니까요. 날마다 다른 남자가 찾아왔지요. 그 여자는 그것으로 많은 추억을 쌓았고요. 밖에서 자기를 기다렸던 그 건장한 청년들의 얼굴과 그들의 몸에 대한 기억들로요.

남자   말이 안 됩니다! 제 생각엔…….

여자   당신도 젊고 건장하시군요.

남자   (어리둥절하며) 예, 하지만…….

여자   그리고 오늘 그 여자는 어제보다 나이를 하루 더 먹었어요.

남자   (잠시 침묵을 지킨 다음) 그 이야기가 저와 무슨 상관이 있는지 모르겠습니다.

여자   (가까이 다가와 남자의 머리에 손을 얹으며) 이제 이해가 될지 몰라요. 자, 눈을 감아 보세요. (사랑하는 사이처럼 손으로 남자의 눈을 감겨 준다.) 두려움을 느껴 본 적이 없나요?

남자   두려움이오? 무엇에 대한 두려움 말입니까?

여자   사는 일이라든지, 살아 있는 일. 당신 인생이 결코 오지 않는 어떤 것을 기다려 온 것 같은 느낌 말이에요.

남자   아뇨. (눈을 뜬다.)

여자   솔직히 말해 보세요. 눈을 감으세요. 지금 우리 사이를 갈라놓는 그 눈을 감아요. 두려운 적이 있었나요?

남자는 눈을 감는다.

남자	(머뭇거리며) 음, 조금요.
여자	(멍한 목소리로) 외로움에서 오는⋯⋯ 고독 같은 건 ⋯⋯.
남자	예, 가끔은⋯⋯. (여자의 손을 잡는다.)
여자	무엇보다 잠들려고 할 때 그렇죠. 육체의 고독, 어쩔 수 없이 나이가 들 수밖에 없는 외로운 육체의⋯⋯.
남자	예, 하지만⋯⋯.
여자	외로운 마음은 밤마다 적막에 저항하며 한없이 소리쳐 보지만⋯⋯.
남자	비슷한 기분 느껴 본 적 있어요. 하지만 분명하게 느껴 본 건 아니고, 사무치게 느껴 본 것도 아니에요.
여자	그거예요. 아마 당신은 그 목소리를 기다리고 있었을 거예요. 당신이 원하는 대로 당신이 발명한 누군가의 목소리를 말이에요.
남자	맞아요. 그런 거 같아요.
여자	이제 눈을 뜨면 그 목소리를 알아들을 수 있을까요?
남자	그야 얼마든지.
여자	그 목소리가 여러 해 전에 당신이 깊은 절망에 빠져 있을 때 만들어 낸 목소리라고 해도?
남자	그건 상관없어요. 알아들을 수 있는 방법을 알 것 같아요.
여자	그럼, 그게 바로 당신이 기다리고 있는 것인가요?

남자	그럼요, 그 여자 때문에 여기 온 거니까요. 그 여자를 찾아서요.
여자	그 여자도 당신을 기다리고 있어요. (여자가 베일을 조금씩 들어 올리자 마침내 여자의 메마른 얼굴이 그대로 드러난다.) 당신이 한사코 시간에 맞서 지지 않으려고 한다면 그 여자는 당신한테 기억으로만 남을 것입니다. 그 여자한테는 시간이 가장 무서운 적이거든요. 시간과 싸우시겠어요? (두 사람은 서로 바짝 다가앉는다.)
남자	예.
여자	좋아요. 눈을 뜨세요.

남자는 천천히 눈을 뜬다. 그러고 나서 여자의 두 손에 잡혀 있는 자신을 발견하고 소스라치게 놀란다. 남자는 벌떡 일어선다.

남자	(당황하며) 죄송합니다만, 영문을 모르겠군요.
여자	(간청하듯이) 오, 아니에요! 그렇게 말하지 마세요.
남자	제가 어리석었습니다.
여자	(애원하듯이) 하지만 당신의 말은…….
남자	웃기는 일입니다! 잠시 저는 당신이 그 여자라고 생각했습니다. 이해해 주십시오. 망상이었습니다.
여자	(슬프게) 그렇군요. 그렇죠.
남자	어떻게 그런 생각을 했는지 모르겠습니다.

여자	(마음을 가라앉히며) 이해해요. 망상에 지나지 않았죠.
남자	용서해 주시다니 정말 마음이 좋으시군요. (손목시계를 보고 깜짝 놀란다.) 이거, 다섯 시 반 아냐! (사이)
여자	(슬프게) 네. 이제 그 여자는 오지 않을 것입니다.
남자	어째 오지 않는단 말입니까?
여자	그 편이 더 좋으니까요.
남자	당신은 누구시기에 그렇게 말하는 겁니까?
여자	아무도 아닙니다. (가방을 연다.) 이 흰 꽃을 원하나요?
남자	(여자한테서 꽃을 낚아채며) 이건 어디서 났죠? 왜 이걸 저한테 주는 겁니까?
여자	지나가다…… 주웠습니다.
남자	(몹시 흥분하며) 그러면 그 여자가 여기 왔었단 말이군요. 길을 잃어버렸거나 장소를 착각했는지도 몰라요. 아니면, 당신하고 이야기하는 사이에 그냥 지나쳐 버렸는지도 모르고요.
여자	(얼굴을 감싸며) 제가 아까 말했잖아요. 누군가를 알아볼 수 있는 건, 눈을 감는 건 한순간뿐이라고…….
남자	그러면 이제…… 그 여자를…… 찾으려면 어떻게 해야 하죠?
여자	기다리세요. 다들 그러는 것처럼…… 기다리세요. (다시 꽃을 가져간다.)
남자	그러면 당신은요?

| 여자 | 계속 찾아야죠. 또 오라고 청하고, 떠나는 걸 봐야죠. 당신도 나이가 들면 무슨 말인지 알게 될 겁니다. (기적 소리가 들린다. 여자는 슬픈 표정을 지으며 남자 곁을 떠난다.) 잘 계세요, 잘 계세요. |
| 남자 | (혼자서) 저 여자는 누군데 나를 아는 것처럼 말하지? (여자를 향해 달려간다. 그러다가 멈춘다.) 안녕히 가세요. |

신호기에서 초록불이 번쩍인다. 건널목지기는 소리를 외치기 위해 몸을 뻣뻣하게 긴장시킨다.

| 건널목지기 | 남행 열차 통과합니다. 남행 열차 통과합니다. 남행 열차 통과합니다. 남행 열차 통과합니다. (되풀이한다.) |

기차가 무대 뒤로 지나간다. 여자가 슬픈 감정을 담은 동작으로 꽃을 흔든 뒤, 한동안의 시간을 들여 기차 쪽으로 다가간다. 여자가 기차에 오른다. 건널목지기가 같은 말을 되풀이하는 동안 기차는 여자를 끌고 떠난다. 여자는 고통에 몸부림치는 무언의 동작으로 그곳을 떠난다.

| 남자 | (슬픈 얼굴이지만 여전히 무심한 태도의 건널목지기를 향하여) 저 여자한텐 뭔가 있었어요. 어쨌든 가 버려서 좋습니다. |
| 건널목지기 | 어떤 여자 말이오? |

남자	그 여자, 흰 꽃을 주웠다는 여자 말입니다.
건널목지기	난 몰랐는데…….
남자	몰랐다고요? (실망한 듯 건널목지기를 바라보며) 다른 여자는 정말 보지 못했습니까?
건널목지기	어떤 여자 말이오?
남자	제가 찾고 있는 여자 말입니다.
건널목지기	누가 누구인지 어찌 알겠소?
남자	흰 꽃을 단 여자 말이에요. 아까 그 여자 말고요.
건널목지기	(매정하게) 당신이 찾지 않는 여자는 보았지만, 당신이 찾고 있는 여자는 보지 못했소!
남자	(짜증을 내며) 뭔가 도움이 좀 될 수 없어요? 무슨 쓸모가 있어야 하지 않느냐고요!

기적 소리가 요란하게 울린다.

건널목지기	뭐라고요?
남자	(소리 지르며) 무슨 쓸모가 있어야 하지 않느냐고요!

신호기에 초록불이 켜진다. 기차가 무대 뒤로 천천히 지나간다.

| 건널목지기 | (먼 데서 들리는 목소리로) 남행 열차 통과합니다. 남행 열차 통과합니다. 남행 열차 통과합니다. 남행 열차 |

통과합니다. (되풀이한다.)

남자는 절망하며 두 손으로 머리를 감싼다. 건널목지기는 기차가 천천히 지
나가는 동안 같은 말을 되풀이한다. 기차가 무대를 떠나기 전에 조용히 막
이 내린다.

카를로스 솔로르사노(1919~2011) ···

과테말라에서 태어나 멕시코에서 활동하고 있는 극작가. 멕시코에 유럽의 전위극을 소
개하고, 세계 수준의 라틴아메리카 극을 써낸 작가로 널리 알려져 있다. 현대인의 고뇌
를 표현한 작품을 많이 썼다. 주요 작품으로는 희곡 〈불운의 여인, 도나 베아트리츠〉,
〈주술사〉, 〈신의 손길〉, 소설 〈가짜 악마〉 등이 있다.

1 여자는 왜 남자에게 자신의 정체를 밝히지 않을까요?

2 남자는 왜 기다리는 여자가 반드시 올 거라고 믿는 걸까요?

3 남자와 여자의 만남은 결국 실현되지 못했습니다. 그 이유에 대해 생각해 보고 서로 이야기해 보세요.

4 이 작품을 통해 작가는 독자와 관객에게 무슨 말을 하고 싶었을까요?

5 여러분은 마음속에 품고 있는 이상적인 사람이 있나요? 어떤 사람을 이상적인 사람으로 생각하나요? 그리고 그런 사람이 있다면, 살아가면서 만날 수 있다고 생각하나요? 어떻게 만날 수 있을까요?

6 작가가 이 작품에 '슬픈 희가극'이라는 부제를 단 이유를 생각해 보세요.

기차: 삶의 여정

남자와 여자는 모두 기차를 타고 약속 장소인 철도 건널목에 옵니다. 이 건널
목으로 북행 열차도 지나가고 남행 열차도 지나갑니다. 목적지가 어딘지는
분명하지 않은 이 기차들은 인생의 여정을 상징합니다. 우리는 어딘가에서
인생의 기차를 타고 어딘가로 갑니다. 사람마다 목적지가 다릅니다. 어딘가에
서 기차를 바꿔 타기도 하고 때로는 목적지를 바꾸기도 합니다. 그런데 건널
목지기의 말에 따르면, 수많은 기차가 오가지만 결국은 한 곳에서 다 만나게
된다고 하는군요. 혹시 그것은 죽음이라는 이름의 종착역을 뜻하는 것은 아
닐까요.

시간

인생의 기차는 시간 속을 달립니다. 우리는 시간 속에서 삽니다. 시간은 우리
를 변하게 합니다. 시간은 우리를 성장하게 하고, 늙게 하고, 죽게 하지요. 그
시간이 다 가기 전에 우리는 사랑하는 누군가를 만나고, 소중한 무언가를 찾
으려 합니다. 원하는 대상을 찾지 못하면 우리의 갈망은 더욱 강해집니다. 하
지만 시간은 우리를 기다려 주지 않습니다. 많은 사람들과 많은 기회들이 우
리 곁을 스쳐 갑니다. 그 가운데 우리가 원하는 사람, 원하는 것이 있을지 모
릅니다. 우리가 그 대상을 알아보지 못하면 그것은 우리 곁을 순식간에 지나
가 버립니다. 나중에야 우리는 누군가를, 무엇인가를 놓쳤음을 깨닫게 될지
모릅니다. 그러나 때는 이미 늦게 됩니다. 우리는 시간의 흐름을 거역하고
싶어도 시간을 이길 수는 없으니까요.

건널목지기: 철학자

이 작품에 등장하는 건널목지기는 흥미로운 사람입니다. 건널목을 오가는 사

람들을 너무 많이 보아서인지 사람들을 잘 구별하지 못합니다. 남자가 그에게 혹 자기가 만날 여자를 본 적이 있는지 물어보지만 수수께끼 같은 말만 합니다. 게다가 무관심하고 퉁명스럽기까지 합니다. 하지만 그는 세상 돌아가는 이치는 다 안다는 식으로 말합니다. 모든 기차가 결국은 서로 만난다거나, 불가능해 보이는 것이 언제나 현실이 된다는 말 같은 것이 그렇습니다. 그러고 보니 꽤 철학적으로 들리는 말들입니다. 그는 혹시 이 작품에서 철학자를 상징하고 있는 것이 아닐까요? 세상일을 많이 겪어 보아서 그 이치를 잘 알기 때문에 남자와 여자가 만나는 일도 결국 실패하리라는 것을 아는 것 같습니다. 사람들이 자기를 여러 가지로 부른다고 한 말에도 그가 단순히 건널목지기 이상의 인물일 수 있다는 암시가 들어 있습니다.

남자: 이상적 사랑에 대한 갈망

남자는 로맨틱한 만남을 꿈꿉니다. 그는 젊고 아름다운 여자를 만나 사랑을 하고 싶습니다. 그 여자는 자신의 삶을 완성시켜 줄 사람입니다. 남자는 철도 건널목에서 만나기로 한 여자가 자신이 머릿속에 그려 왔던 그 사람이라고 믿고 있습니다. 그 여자를 몇 년 동안이나 기다려 왔습니다. 약속했던 여자는 왔지만 그는 알아보지 못합니다. 마음속에서 그리고 있던 여자가 아니었기 때문입니다. 그는 절망합니다. 그가 찾았던 상대는 "오직 한 사람의 얼굴, 특별한 얼굴, 아주 다른 얼굴"이었습니다. 그가 눈을 가리고 대화할 때는 상대방이 자기와 편지를 주고받은 여자라고 믿지만 눈을 뜨고는 자기가 기다리던 사람이 아니라고 부정합니다. 그는 자신이 기다리는 여자가 자신의 상상 속에만 있다는 사실을 모릅니다.

여자: 욕망과 외로움, 갈망과 두려움

여자는 오랫동안 홀로 살아왔습니다. 나이가 들수록 외로움은 더 커지는데,

욕망은 그대로입니다. 여자는 젊고 건장한 남자를 만나기 위해 자신의 사진을 고칩니다. 하지만 그녀는 자신의 만남이 이루어질 수 없으리라는 것을 알고 있습니다. 남자들은 자신이 아니라 거짓으로 만든 환상을 찾아올 테니까요. 그 때문에 만남이 어려울 것이라는 것을 알고 있는 여자는 두려움에서 벗어나지 못합니다. 그녀는 마음의 소통만으로 만남이 이루어질 수 있을지 모른다는 한 가닥 희망을 가져보지만 그것도 헛된 소망임이 밝혀집니다. 그녀의 실패는 애초에 정해져 있었다고 할 수 있습니다. 원할 수 없는 것을 원했을 뿐만 아니라 남자에게 심어 준 자기 모습은 가짜였기 때문입니다.

슬픈 희가극

이 작품에는 '슬픈 희가극'이라는 부제가 붙어 있습니다. '희가극'이라는 말은 '보드빌(vaudeville)'이라는 말을 번역한 것인데 원래 노래와 춤 같은 것이 들어 있는 희극적이고 풍자적인 공연물을 말합니다. '슬픈 희가극'이라는 것은 앞뒤가 안 맞는 말입니다. 하지만 슬픈 이야기를 하면서도 희극의 형식을 빌릴 수 있습니다. 슬픈 내용에 희극의 형식을 섞으면 더 슬퍼 보일 수 있기 때문입니다. 이 작품은 전통적인 보드빌에서처럼 상투적이고 전형적인 인물들을 등장시키고 있습니다. 하지만 보드빌의 배우들처럼 과장된 희극적인 연기를 하지 않고 무언가를 필사적으로 갈망하는 외로운 사람들의 삶을 연기합니다. 또 전통 보드빌에서 많이 사용하는 무언극 형식도 도입하고 있지만 보드빌에서처럼 희극적인 효과를 내기 위해 사용하지 않고 반복적이고 기계적인 움직임이나 고통스럽고 절망스러운 마음을 표현하는 데 사용하고 있습니다. 이런 수법을 통해 관객은 더 강한 슬픔을 느끼게 됩니다. 또한 불가능한 것을 필사적으로 찾아 헤매는 남자와 여자의 헛된 노력 자체가 우습고도 슬프게 여겨질 수 있다는 점에서도 이 작품을 '슬픈 희가극'이라고 할 수 있겠습니다.

상극의
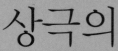
조화

. . . . .

존 가녀(Joan Garner)

이 작품은 이 책에 실린 다른 작품들과는 성격이 약간 다릅니다. 앞에 실린 다른 작품들은 모두 각 언어권의 대표적인 작가들이 쓴 유명한 작품들로서 일반인을 대상으로 한 본격적인 희곡들이지만 이 작품은 청소년의 드라마 교육에 관심을 가진 미국의 존 가너라는 작가가 중등학생들을 위해 특별히 쓴 작품입니다. 유명 작가의 본격적인 작품들이 청소년들이 읽기에는 적합하지 않다고 생각했기 때문입니다. 이 책에 실은 작품들은 예외에 속하지만, 대부분의 다른 유명 작품들은 주제가 너무 어렵거나 분량이 길기 때문입니다. 또 청소년들의 관심사와 먼 소재들을 다루고 있는 작품들이 대부분인 것도 사실입니다. 그래서 가너는 청소년이 이해하기 어렵지 않고, 공연하는 데 지장이 없을 정도로 짧고, 흥미로운 소재를 다루는 극 작품을 직접 창작하고 있습니다. 여기에 그의 작품 〈상극의 조화〉를 싣는 것은 우리가 작가의 생각에 공감하기 때문입니다. 여러분은 이 작품을 대본으로 하여 교실이나 학교 강당 같은 데서 실제로 공연을 해 보면서 드라마에 대해 좀 더 잘 배울 수 있을 것으로 생각합니다. 이 작품의 장르는 청소년들이 좋아하는 SF(공상과학 이야기)입니다. 작가가 제공하고 있는 공연을 위한 자세한 정보도 많은 도움이 되리라 봅니다.

나오는 사람들

해설자

콜란(여)

보렐(남)

브라이튼(남)

제니(여)

배경   머나먼 잿빛 행성. 울퉁불퉁한 땅 위에 기이한 모양의 석순들이 솟아 있다. 무대 왼쪽에 커다란 흙 둔덕이 있는데, 앉아도 될 만큼 단단하다. 이 흙 둔덕은 무대 중앙에서 왼쪽까지 길게 뻗어 있어야 한다. 이 커다란 흙 둔덕 맞은편 무대 오른쪽에 조그만 오두막이 한 채 있다. 네모난 양철 조각과 여러 금속 조각을 얼기설기 이어 붙여 엉성하게 지은 오두막이다. 오두막으로 들어가는 문은 왼쪽을 향해 있어야 하고 문에 휘장이 드리워져 있어야 한다. 오두막 안쪽은 전혀 보이지 않게 한다. 지평선은 초록빛이 감도는 노란빛을 띠고 있어 신비스러운 느낌이 든다. 극이 시작될 때부터 끝날 때까지 안개가 땅 위를 맴돌며 극의 분위기에 괴이한 효과를 더한다. 모든 것이 황량하고 삭막해 보여야 한다.

막이 오르면   황혼녘

극이 시작될 때 무대는 하늘의 별빛을 빼고는 어둡게 바뀐다. 그런 다음 해설자의 말이 시작되면서 점차 조명이 밝아진다.

연출 노트 해설자는 극이 진행되는 동안 모습을 보이지 않는 게 좋다. 미리 목소리를 녹음해 두거나 무대 밖에 마이크를 설치하는 것도 좋은 방법이다. 멀리 떨어져 있고, 고립된 느낌을 주기 위해 소리에 에코 효과를 넣으면 좋다.

해설자 옛날 옛적, 우리 태양계의 해가 불타오르기 훨씬 오래전, 화염의 폭풍이 지구를 형성하기 훨씬 오래전, 낮의 따뜻한 볕이 내리쬐기 전, 봄꽃들이 매혹적인 빛깔로 눈길을 사로잡고 서늘한 가을바람의 반가운 감촉이 처음으로 볼을 간질이기 전, 스타크레스트라고 불리는 행성이 현재의 시간이 존재하기 전에 또 하나의 시간 속에서, 천 광년이나 떨어진 곳에서 활활 타는 한 항성의 주위를 돌고 있었다.

스타크레스트 행성에 불이 환하게 들어온다. 오두막 안에서 발소리며 이런저런 부산스러운 소리가 들려온다. 막이 열리자마자 항아리가 오두막 밖으로 내동댕이쳐진다. 누가 항아리를 내동댕이쳤는지 알 수 없다. 그냥 항아리가 날아왔을 뿐이다. 소란스러운 소리가 조금 더 크게 들리더니, 이번에는 상자가 밖으로 내동댕이쳐진다. 그다음엔 그릇이 날아온다. 항아리, 상자, 그릇이 떨어진 곳에 그것들 말고도, 뭔지는 구별되지 않지만 눈에 익숙한 또 다른 물건들이 흐트러져 있다. 이 물건들은 죄다 낡아 빠지고, 닳아 빠져 쓸모라고는 전혀 없어 보인다. 쓰레기들이나 다름없다.

시간이 조금 더 지나자 갑자기 하늘을 가로지르는 날카로운 소리가 들려온다. 이 커다란 소리는 처음에는 오른쪽에서 들려오다가, 다음에는 무대 위 높은 곳에서, 그다음에는 왼쪽에서 들려온다. 우주선이 지나가는 소리다. 무대 밖에서 느닷없이 무시무시한 충돌 소리와 함께 폭발음이 들려온다. 불이 난 것처럼 빨간빛, 오렌지빛이 왼쪽 무대 밖에서 확 퍼지면서 오두막과 무대를 환히 밝힌다.

두건을 쓴 누군가가 오두막 입구에 드리워진 휘장 밖으로 삐죽이 고개를 내민다. 그러고는 폭발이 일어난 곳을 건너다본 다음 조심스레 밖으로 걸어 나와 좀 더 잘 보려는 듯 무대 왼쪽으로 간다. 하지만 커다란 외투로 온몸을 거의 다 가리고 있어 정체를 알 수 없다. 망토 자락이 펄럭일 때마다 이따금 손과 발 끝이 비쳐 보였는데, 그걸로 보아 선홍색 망토 속에 몸을 가리고 있는 자는 정녕 인간이 아닌 괴생명체임이 분명하다. 콜란이라는 이름의 이 생명체는 잠시 화염을 바라보더니 재빨리 오두막 안으로 돌아간다. 콜란은 유순한 성격에 배려심이 깊고, 동정심이 많으며, 어린아이처럼 순진한 여성이다. 자신의 외모를 부끄러워하여 남들한테 내보이기를 몹시 꺼린다. 남들의 친절한 태도를 처음에는 선뜻 받아들이지 못하지만 - 애초에 기대하지 않기 때문에 - 그래도 누군가 친구처럼 대해 주면 곧바로 고마워하며 따뜻한 마음을 보인다. 오두막 안에서 누군가 잔뜩 성이 나서 소리를 내지른다. 안에서 물건들이 다시 내동댕이쳐지고 쓰러지는 소리가 들려온다.

곧이어 제니가 무대 왼쪽에서 등장한다. 얼굴엔 검댕이 잔뜩 묻어 있고 제복은 심하게 찢겼으며 여기저기 불에 타기도 했다. 살갗은 찢어지고 멍들어 있다. 그녀는 몸도 다치고 정신적으로도 충격을 받은 상태다. 제니는 당차고 자신감에 넘치며, 영리하고 결단력이 뛰어난 인물이지만, 부상을 당하고 나서 연약한 면을 보인다.

제니   여보세요. 거기 누구 없어요?

오두막 안에서 부스럭거리는 소리가 들린다. 그 소리를 듣고 제니가 그쪽으로 다가간다.

제니   (계속해서) 여보세요?

제니는 기운이 없고 머리가 어지러워 흙 둔덕 가장자리에 주저앉는다. (사이) 오두막 안에서 불길한 느낌의 나지막한 목소리가 흘러나온다.

목소리   누구요?

제니   (일어나 오두막 쪽을 향해 말한다.) 노바 순찰대의 제니퍼[1] 로우 중위라고 합니다. 연료 장치가 고장이 나서 협곡에 불시착했습니다.

192

목소리	부상당했소?
제니	아뇨. 심한 부상은 아닙니다. (사이) 혹시 무슨 통신 장비 같은 거 없나요? 순찰대에 조난 신호 좀 보내려고 하는데요. (사이)
목소리	그런 장비는 여기 없소.
제니	아, 그래요. 아무튼 고맙습니다.

제니는 어찌해야 좋을지 몰라 하며 다시 흙 둔덕에 주저앉는다. 콜란이 오두막에서 나와 조심스럽게 제니 쪽으로 다가오더니 물이 담긴 컵을 내민다.

제니	(컵을 받아 들며) 고맙습니다.

콜란이 손을 뻗어 제니의 어깨를 가볍게 두드린다.

콜란	천천히 드세요. 천천히.
목소리	콜란!

콜란이 부리나케 오두막으로 뛰어 들어간다. 제니는 물을 마시면서 오두막을 바라본다. 그리고 나서는 일어나 오두막 입구로 다가간다. 오두막 가까이 다가가자 오두막 안에서 버럭 화내는 소리가 들린다.

목소리	거기 서시오!

제니는 깜짝 놀라 엉거주춤 뒷걸음치다 쓰레기 더미에 걸려 넘어지고 만다. 보렐이 오두막에서 나온다. 그는 건장하고 잘생긴 남자인데 한쪽 눈에 안대를 댔다. 보렐은 지금 실험에만 몰두해 있다. 그래서 실험을 방해받으면 화를 내고 행동이 거칠어진다. 그를 보면 힘이 세고 체력이 강하다는 느낌을 받는다. 보렐이 말할 때 관객은 그가 방금 전 불길한 목소리의 주인공이라는 것을 알게 된다.

보렐   성에 접근하지 마시오! 여긴 금지 구역이오.

제니   (일어서려고 하며) 성이라고요?

보렐   당신은 불청객이오.

제니   오고 싶어 온 게 아니에요. 부득이 그렇게 됐어요.

보렐이 돌아서서 오두막으로 들어가려고 하자 제니가 재빨리 그의 곁으로 다가간다.

제니   잠깐만요, 저······.

보렐   (획 돌아서 버럭 소리 지른다.) 말했잖소!

제니는 기겁하여 펄쩍 뒤로 물러나다가 커다란 흙 둔덕 가장자리에 걸려 뒤로 벌러덩 넘어지고 만다. 보렐이 잠깐 바라보다 무대를 가로질러 흙 둔덕 뒤로 가서 정신을 잃은 제니를 안고 돌아 나온다. 그는 제니를 흙 둔덕에 기대어 앉혀 놓은 다음 뒤로 물러나 그녀를 주의 깊게 바라본다. 그러더니 급하게 오두막으로 들어가 족쇄와 사슬을 가지고 돌아온다. 그는 제니의 발목에 족쇄를 채우고 사슬의 한쪽 끝을 흙 둔덕 가까이에 놓여 있는 커다란 기계에 매어 놓는다. 제니가 정신을 차리자 보렐이 그녀를 다시 한 번 내려다본다.

보렐   불청객은 출입 금지라 하지 않았소.

제니   (다리를 움직여 보다가 족쇄가 채워진 것을 알아차리고) 이게 뭐예요? 왜 이러는 거예요?

보렐   조용히 해요! 소리를 내선 안 돼요. 우리를 방해하지 말란 말이오.

보렐이 오두막 안으로 들어간다.

제니   도대체 여긴 뭐하는 곳이야? (고개를 들면서 통증을 느낀다.) 내가 뭘 잘못했지?

콜란이 물수건을 가지고 오두막에서 나온다. 그녀가 제니한테 다가가더니 아까 물을 주었던 것처럼 수건을 내민다.

콜란   여기요, 얼굴 닦으세요.

제니   (수건을 받아 들며) 고마워요, 두 번씩이나. (얼굴을 닦는다.) 그런데 누구시죠?

콜란   저요? 뭐, 아무도 아닙니다.

제니   소리 빽빽 질러 대는 저 사람은 누구예요?

콜란   보렐입니다. 제 친구죠.

제니   친구라고요? 저런 사람을 어떻게 참죠?

콜란   실은 저 사람이 저를 참는 거죠.

제니   무슨 말이에요?

콜란은 잠깐 주저하다가 얼굴에 걸친 두건을 들어 올린 다음 미소를 지어 보인다. 사랑스러운 미소다. 얼마나 사랑스러운지 그것이 외계인 얼굴에 어린 미소라는 것도 잊게 할 정도이다. 제니가 콜란의 얼굴을 빤히 바라보고 있는데 안에서 보렐이 버럭 소리를 지르면서 콜란을 부른다. 그러자 콜란은 두건을 내리고 재빨리 오두막으로 돌아간다. 제니는 오두막을 바라보면서 계속해서 물수건으로 다친 데와 멍든 곳을 닦아 낸다. 조명이 희미해지고, 제니는 족쇄를 끌어당겨 흙 둔덕에 등을 기대고 앉는다. 그러나 얼마 지나지 않아 추위를 견디지 못하고 흙 둔덕 옆 땅바닥 위에 누워 몸을 한껏 웅크린다. 한편 희미해지는 조명과 함께 바람 소리가 들려 오기 시작한다. 바람 소리와 함께 해설자의 말이 흘러나온다.

해설자   황량하고 을씨년스러운 행성에 어둠이 내리면서 홀로 된 제니는 살을 에는 듯한 매서운 바람과 갑작스레 변한 추운 밤의 혹독한 냉기를 견디어야 했다. 노바 순찰대의 젊은 중위는 먹을 것도, 몸을 피할 곳도 찾지 못했다. 밤새 제대로 눈도 붙이지 못하고, 오들오들 떨면서 오직 아침이 빨리 오기만을 기도하면서 몸을 웅크린 채 긴 밤을 힘겹게 보내야 했다.

바람이 조금씩 잦아들면서 조명이 다시 환하게 밝혀진다. 제니가 흙 둔덕 곁에 공처럼 웅크리고 있다. 콜란이 오두막에서 나와 음식이 담긴 접시를 제니한테 건넨다. 콜란은 접시를 땅 위에 내려놓고 가만히 제니의 어깨를 두드린다.

콜란 제니. 어여쁘신 분.

제니가 눈을 뜬다. 콜란을 보렐이라고 생각한 제니는 화들짝 놀라 멀찍이 물러난다. 제니의 순간적이고 격렬한 동작에 콜란도 놀라 펄쩍 뒤로 물러선다. 그런 다음 걱정 말라는 몸짓을 하며 놀란 제니의 마음을 안심시키려 한다. 콜란이 음식 접시를 집어 들어 제니한테 건넨다. 제니가 조심스럽게 접시를 받아 든다.

제니 고마워요. 배가 고팠던 참이에요.

제니는 음식을 먹으면서 콜란과 이야기를 나눈다.

콜란 제니 씨, 오늘 아침엔 기분이 좀 나아졌나요?

제니   글쎄요. 저 미친 작자가 나한테 무슨 짓을 할지 모르
       니까.

콜란   보렐도 당신을 어떻게 해야 할지 모를 거예요. 당신이
       나타나리라고는 생각지도 못했으니까요.

제니   그런데 왜 내가 구조를 청할 수 있도록 보내 주지 않
       는 거죠? 왜 나를 무슨 범죄자처럼 족쇄를 채워 여기
       에 붙잡아 두는 거예요?

콜란   전 보렐이 무슨 일을 하든 그 이유를 절대 물어보지
       않아요.

제니   물어봐야죠.

보렐이 오두막에서 나와 문간에 서서 콜란과 제니를 노려본다. 제니가 고개
를 들더니 보렐과 눈이 마주치자 먹는 것을 멈춘다. 콜란도 고개를 돌려 보
렐을 본다. 콜란은 재빨리 일어나 오두막으로 쏜살같이 달려 들어간다. 보렐
은 계속해서 제니를 노려본다.

제니   (음식 접시를 꼭 붙들고) 음식까지 못 먹게 할 작정이에
       요?

보렐   내일 당신이 사고 난 곳에 가서 쓸 만한 것이 있는지,
       아니면 노바 순찰대에 당신 위치를 알릴 방법이 있는
       지 찾아보겠소.

제니   내일요? 왜 지금 가면 안 되죠?

보렐	난 지금 아주 바빠요. 당신을 구조하는 문제는 내겐 급한 일이 아니오.
제니	내겐 급해요. 당신을 귀찮게 하는 일은 절대 없을 테니 내 우주선으로 돌려보내 줘요. 무슨 대책을 찾아봐야 하니까요.
보렐	그럴 수 없소.
제니	왜 그럴 수 없다는 거예요?
보렐	당신이 우주선에 가지 않을지도 모르니까. 성 안에 들어오려고 할지도 모르지.
제니	난 당신의 그 귀하신 성 따위에는 들어가고 싶은 생각이 조금도 없어요. 당신이 그 안에서 뭘 하든 난 눈곱만큼도 관심이 없으니까. 어서 이걸 풀어 주기나 해요.

보렐은 잠시 제니를 지긋이 노려보다가 돌아서서 다시 오두막으로 들어간다. 낙담한 제니는 다시 족쇄를 벗겨 내 보려고 용을 쓴다. (사이) 제니의 제복과 비슷한 제복을 입은 젊은 남자 한 사람이 무대 왼쪽에서 살그머니 들어온다. 그는 큰 흙 둔덕 뒤로 슬쩍 들어가더니 머리를 삐죽이 내민다. 브라이튼이다. 그는 네 명의 등장인물 가운데 성격이 가장 단순하다. 마음씨가 착한 그는 콜란이 처한 곤경에 깊은 연민을 느끼고 진심 어린 마음으로 걱정한다. 줏대 있고 만만찮다. 언제나 성급하게 결론을 내리지 않고 사태를 균형 잡힌 시각으로 보려고 한다.

브라이튼	제니, 여기야! 제니!
제니	(몸을 휙 돌리고 흥분하여 소리를 내지른다.) 브라이튼!
브라이튼	쉿! 괜찮아요?
제니	(목소리를 낮추어) 나를 어떻게 찾아냈지?
브라이튼	우주선에 있는 자동 유도 장치가 알려 줬어요.
제니	추락할 때 고장이 난 줄 알았는데. 내가 우주선을 떠날 때까지만 해도 작동이 안 되었어.
브라이튼	그러나저러나 여긴 뭐하는 데야?
제니	어떤 미친놈의 은신처야.
브라이튼	뭐라고요?
제니	저 오두막에 정신병자가 살고 있어. 저게 자기 성이래.
브라이튼	성이라고요?
제니	미쳤다고 했잖아. 그런데 브라이튼, 저 안에 어떤 외계인도 있어.
브라이튼	외계인이라고요? 무슨 동물 같은 거 말이에요?
제니	아니. 나도 그런 생명체는 처음 봤어. 뭐라고 설명해야 할까. 하지만 말도 잘하고 내게 아주 잘해 줬어. 그 미친놈이 눈감아 줄 때는 말이야.
브라이튼	그놈이 이렇게 족쇄를 채웠어요?
제니	그놈 아니고 누구겠어? 내가 오두막 안으로 들어갈까 봐 걱정되나 봐.
브라이튼	왜요? 저 안에 뭐가 있는데.

제니   글쎄, 모르겠어.

브라이튼은 오두막을 뚫어지게 바라본 다음 살그머니 흙 둔덕을 돌아 제니 곁으로 온다.

브라이튼   자, 어서 여기에서 빠져나갑시다.

브라이튼과 제니가 함께 족쇄를 잡아끈다. 브라이튼이 족쇄와 연결된 기계를 움직여 보지만 꿈쩍도 하지 않자 두 사람은 족쇄를 풀 수 있는 다른 방법이 있는지 찾아본다. 두 사람이 오두막을 등지고 있다 보니 보렐이 문 밖으로 나오는 것을 알아차리지 못한다. 보렐이 브라이튼을 밀어 넘어뜨리고 품에서 칼을 꺼낸다. 제니가 비명을 지르며 몸을 던져 브라이튼 앞을 가로막아 선다.

제니   안 돼요! 이 앤 내 동생이에요!

그 말에 보렐이 한 발짝 물러선다. 하지만 여전히 칼을 겨누고 있다. 그러는 사이 브라이튼이 주춤주춤 몸을 추스른다. 하지만 보렐을 자극하여 공격당하지 않으려고 땅에 앉은 채 그대로 있다.

보렐   당신은 누구야?
브라이튼   노바 순찰대 브라이튼 로우 중위요. 그리고 제니는 내

누나요. 당신은 누구요?

보렐   보렐이오.

브라이튼   여기 스타크레스트 행성에서 뭐하는 거요? 여긴 무인
              행성인데.

보렐   무인 행성이라 여기 있는 거요. 일하기엔 조용한 데니까.

브라이튼   무슨 일 말이오?

보렐   콜란!

콜란이 오두막 밖으로 머리를 내민다.

보렐   (계속해서) 족쇄 한 벌 더 가져와.

콜란이 다시 오두막 안으로 머리를 쏙 집어넣더니 이내 족쇄 한 벌을 더 가지고 나와 고분고분 보렐한테 건넨다. 보렐은 브라이튼 앞에 족쇄를 던진다.

보렐   (계속해서) 이걸 채우시오.

브라이튼   못 해요.

보렐   (위협적으로 칼을 겨누며) 어서 채워!

브라이튼은 하는 수 없이 자신의 발목에 족쇄를 채우고 족쇄와 연결된 사슬을 제니가 매어 있는 커다란 기계에 잡아맨다.

제니   동생이 여길 찾아온 걸 봐요. 우린 이 행성에서 떠날
               방법이 있어요. 우릴 풀어 주면 당신을 귀찮게 하지
               않을게요. 무슨 일을 하고 있는지는 모르지만 하고 싶
               은 일 맘대로 하세요.

보렐   당신들 노바 순찰대 소속 아닌가? 풀어 주면 딴 사람
               들한테 말할 게 뻔하고 그러면 사람들이 콜란을 잡으
               러 오겠지.

제니   아니에요. 당신에 대해선 아무 말도 하지 않겠어요.
               약속하겠소. 그렇지, 브라이튼?

브라이튼   누가 두 번 다시 보고 싶답니까?

보렐   그래도 믿을 수 없어.

보렐은 돌아서서 오두막 안으로 들어간다. 콜란이 문 가까이 서서 물끄러미
브라이튼을 바라보고 있는데…….

보렐   (계속해서) 콜란!

콜란이 재빨리 오두막 안으로 들어간다.

브라이튼   (오두막 안을 향해 큰 소리로) 누나가 다쳤소. 치료를 받
               아야 해요!

제니   (흙 둔덕 위에 올라앉으며) 제발, 브라이튼, 저 사람 건들

지 마.

브라이튼   (흙 둔덕 위에 제니와 나란히 앉으며) 건들지 말라고? 목을 비틀어 버리고 싶은걸.

콜란이 쟁반에 약병, 솜, 붕대, 물주전자를 받쳐 들고 나온다. 그녀는 무대를 가로질러 두 사람한테 간다.

콜란   (쟁반을 보여 주며 제니 옆 흙 둔덕에 내려놓는다.) 약이에요. 다친 데 바르세요.

제니   고마워요.

콜란이 제니의 상처를 치료하는 동안 브라이튼이 콜란한테 묻는다.

브라이튼   저자가 당신을 콜란이라고 부르던데, 콜란이 당신 이름입니까?

콜란   네.

브라이튼   여기에서 무얼 하고 있죠, 콜란?

콜란   (쟁반 위에 있는 물주전자를 브라이튼한테 건네주며) 물 드실래요?

브라이튼   우리를 왜 이렇게 짐승처럼 묶어 놓는 거죠?

코렐   보렐은 당신들이 성 안에 들어갈까 봐 두려워하고 있어요. 성 안에 들어가면 위험해요. 그래서 당신들이 들어가지 못하도록 여기에 묶어 두는 거예요.

제니 우리 안전이 그렇게 염려되면 왜 밤새 나를 바깥에 내
팽개쳐 뒀죠? 얼마나 추웠는지 알아요? 밤바람은 또
얼마나 끔찍했는지 몰라요.

콜란 보렐은 생각이 많은 사람이에요. 그래서 말인데요, 제
니, 당신의 매력이 보렐의 집중력을 떨어뜨리는 거 같
아요.

브라이튼 콜란, 두건을 벗고 얼굴을 좀 보여 줄 수 있어요?

콜란 제니가 제 흉측한 모습에 대해 이야기하지 않던가요?
저를 보시겠다는 건 잔인한 호기심 때문인가요?

브라이튼 아, 아닙니다. 우리한테 친절하게 대해 주신 분이라
얼굴이라도 보고 싶어서요. 그리고 두건에 대고 이야
기하는 게 기분 좋을 리는 없잖습니까.

콜란 너무 흉측해서 역겨울 텐데요.

브라이튼 절대 그렇지 않아요. 약속합니다.

콜란이 수줍어하면서 두건을 들어 올리고 고개를 돌리자 브라이튼이 그녀
의 어깨 위에 가만히 손을 얹는다. 그러자 콜란이 브라이튼을 향해 고개를
돌린다.

브라이튼 (콜란의 손을 잡고 흔들면서) 안녕하세요, 콜란. 만나 뵙게
되어 반갑습니다.

콜란이 브라이튼의 미소에 미소로 답한다.

브라이튼   (계속해서) 당신은 보렐의 하인인가요? 아니면 노예?

콜란   아, 아니에요. 하인도 아니고 노예도 아니에요. 보렐은 저를 도와주고 있는 분이에요.

제니   도와주고 있다고요? 어떻게요?

콜란   말씀드려도 믿지 못하실 거예요.

브라이튼   아니 믿을 겁니다. 이곳에 있는 모든 것이 다 이상해요, 콜란. 이해할 수 있게 설명 좀 해 주세요.

콜란은 마지못해 브라이튼의 옆 흙 둔덕에 앉아 이야기를 시작한다.

콜란   (제니한테) 저도 한때는 당신 같았어요. 예뻤죠. 다들 그렇게 말했어요. 오래전에 가족과 함께 홀라퍼 행성에 여행을 갔었죠. 여행 중에 우리 우주선 주위에서 기이한 현상이 발생했어요. 나중에 들어 보니 우주 이변 현상이라고 하더군요. 그게 뭐가 되었든 그 때문에 우주선에 타고 있던 많은 승객들이 죽었습니다. 저는 이 꼴로 살아남았고요. 당국에서는 저를 가두어 놓고 연구 대상으로 삼고 싶어 했지만 저는 싫어서 포타리 행성으로 탈출했어요.

브라이튼   포타리요? 우리가 거기에서 왔는데.

콜란   (웃음을 띠면서 이야기를 계속한다.) 어느 날 밤 보렐이 그
       곳 어느 조그만 외곽 기지에 있던 저를 발견했어요.
       그때 저는 어느 여인숙 뒷골목에서 숨어 지냈죠. 가
       끔 여인숙 주인이 저를 가엾게 여겨 제가 뒷문으로 찾
       아가면 먹을 것을 조금씩 주곤 했어요. 한번은 어쩌
       다 보렐이 저를 유심히 보게 되었어요. 저는 이 사람
       이 다른 사람들처럼 외면하고 가 버릴 줄 알았는데 그
       렇질 않더군요. 그뿐 아니라 제 옆에 앉아 말을 걸기
       까지 했어요. 보렐은 제가 어쩌다 그 지경이 되었는지
       궁금했었나 봐요. 저는 이 사람이 술을 너무 많이 마
       셔 술기운에 그런 호기심이 생겼나 하고 생각했지만
       이야기를 나누는 게 싫진 않았어요. 누군가 저를 괴물
       이 아닌 것처럼 바라보았던 게 너무 오랜만이었거든
       요. 보렐은 지금 당신처럼 저를 바라봤어요. 놀라면서
       도 친절하고 다정하게요.

오두막 안에서 요란스럽게 통탕거리는 소리가 나더니 보렐이 무엇인가 역
겹다는 듯 밖을 향해 빽 하고 소리를 지른다. 다시 모든 것이 조용해진다.

제니   (뒤를 돌아보며) 정말 화를 잘 내는 사람이군요.
콜란   답답해서 내지르는 소리죠. 저는 보렐의 과거에 대해
       아는 것이 없어요. 물어보는 것도 예의가 아닐 거 같

고요. 하지만 슬픈 인생을 살았던 것 같아요. 보렐은 어떤 현자에 대해 알고 있었어요. 보렐의 말로는 이 노인이 우주에 대해 누구보다도 더 많이 알고 있대요. 우리 시대의 명망 높은 교수들이나 철학자들보다 더 말이에요. 그래서 저를 이렇게 만든 현상을 다시 거꾸로 돌아가게 하는 방법을 누군가 알고 있다면 그 사람은 바로 그 현자라는 것이에요. 솔직히 말해 보렐이 술에서 깨어나 대낮에 멀쩡한 눈으로 괴물 같은 제 모습을 보고 나면 다시는 절 가까이하지 않으리라고 생각했죠. 그런데 그 사람은 다음 날 아침 저를 데리러 왔습니다. 우리는 그 현자라는 분을 찾아 떠났죠.

제니   그 현자를 찾았나요?

콜란   네. 분화구 정원 근처의 온실 뒤에 있는 조그만 방에서 살고 있었는데, 아주 훌륭한 노인이었어요.

브라이튼   뭐라고 하던가요?

콜란   수수께끼를 하나 내 주셨어요. 그뿐이었죠.

제니   무슨 수수께끼였는데요?

콜란   "상극하는 힘들이 합치지 않으면 그대는 영원히 괴물로 남으리라."라는 거였습니다.

제니   상극하는 힘들이라니요?

콜란   보렐은 저를 이렇게 괴물로 만든 우주 이변이 어떤 종류의 에너지 변위 현상이라고 믿고 있어요. 잘못 작용한 우주 포스 때문에 발생한 일종의 반응 현상이라는 거죠. 보렐은, 상극하는 힘들이 합쳐져야 한다는 현자의 수수께끼를 이 이론과 관련시켰어요. 그래서 어떻게든 두 가지 강력한 자력을 생성시켜 그것을 음극이나 양극에서 서로 결합시킬 수 있다면, 그러니까 음극에 음극을 결합시키거나 양극에 양극을 결합시킬 수 있다면, 제 몸을 이루고 있는 변위된 에너지 질량을 재조합할 수 있는 대항력을 생성할 수 있다고 생각하고 있어요.

제니　상극하는 힘들을 결합시킨다는 말이군요. 흥미로운 가설입니다. 보렐은 물리학자나 그런 분야의 사람인가 봐요.

콜란　맞아요. 보렐은 머리가 좋은 사람이에요. 하지만 언제나 혼자 있기를 좋아하죠. 우리가 이 행성으로 온 건 보렐이 아무런 방해를 받지 않고 실험을 하기 위해서입니다.

제니　성과가 좀 있었나요?

콜란　조금요. 하지만 보렐이 동일한 자극(磁極)[2]을 억지로 결합시키려고 할 때마다 심한 반발이 일어나면서 엄청난 전하(電荷)[3]가 발생해요. 그래서 폭발 사고가 많이 났어요. 그 때문에 보렐이 한쪽 눈을 잃었죠. 저는 폭발 때문에 우리 둘 다 죽기 전에 제발 실험을 그만

두자고 계속 간청하고 있어요. 남은 인생을 이 꼴로 살아야 한다면 그럴 수밖에 없죠 뭐. 하지만 보렐은 단념하지 않아요.

보렐   (오두막 안에서) 콜란, 빨리 와 봐!

콜란   (일어서며) 들어가 봐야겠어요.

브라이튼 (붙잡으면서) 잠깐만요. 이야기해 줘 고마워요.

제니   콜란, 당신이 우리를 좀 풀어 주면 안 될까요? 성 근처에는 얼씬도 하지 않고, 이곳에 대해 아무한테도 말하지 않을게요. 약속할게요. 제발요.

콜란   너무 위험한 일인데요.

브라이튼 이 자리에 꼼짝 않고 있겠다고 약속할게요. 제발, 콜란, 저를 위해서.

콜란은 주저한다. 그러더니 주머니에 손을 집어넣어 열쇠를 꺼내 브라이튼한테 건네준다.

브라이튼 고맙소.

브라이튼이 콜란의 뺨을 따뜻하게 어루만진다. 콜란은 미소를 지으며 그의 다정한 행동을 기꺼이 받아들이고는 돌아서서 재빨리 오두막 안으로 들어간다. 브라이튼이 오두막 안으로 들어가는 콜란을 바라보고 있는 사이 제니는 브라이튼한테서 열쇠를 빼앗아 서둘러 두 사람의 족쇄를 푼다.

제니	콜란 일이 잘되어야 할 텐데. 자, 이제 여길 빠져나갈 수 있겠구나.
브라이튼	이 사람들을 여기 두고 갈 수는 없어요.
제니	뭐? 너 농담하고 있는 거니?
브라이튼	우리가 도울 수 있을지 몰라요.
제니	도울 수 있을지 모른다고? 브라이튼, 너 그 여자 봤잖니. 가엾지만 희망이 없어. 보렐의 이론이 노인의 수수께끼를 푸는 답이 될지는 모르겠지만 그렇다고 콜란을 되돌려 놓을 수는 없단 말이야. 콜란이 자기 입으로 말했잖아. 보렐이 아무리 실험을 해 보았자 결국은 폭발로 다 날려 버리게 될 거라고.
브라이튼	그래도 이 여자를 여기에 두고 갈 수는 없어요.
제니	브라이튼, 네 마음씨가 착하다는 건 나도 알아. 우리가 어렸을 적에도 넌 늘 길을 잃고 굶주린 동물을 집에 데려왔지. 하지만 지금은 우리 둘 다 어린애가 아니잖니. 우리한텐 순찰대의 책임이 있어. 난 돌아갈 거야. 같이 갈 거지?
브라이튼	아니, 난 여기 있을 거야.
제니	브라이튼! 좋아, 좋을 대로 해.

제니가 무대 왼쪽으로 퇴장하려고 한다.

제니   (계속해서) 나 간다.

브라이튼   알고 있어.

제니   너 찾으러 다시 오지 않을 거야.

브라이튼   좋아.

제니가 씩씩거리며 퇴장한다. 브라이튼은 그녀가 퇴장하는 것을 바라보며 흙 둔덕에 그대로 앉아 있다. 콜란이 오두막에서 나와 브라이튼한테 다가간다.

콜란   누나와 같이 가셔야 해요.

브라이튼   그러고 싶지 않아요.

콜란   제니 말이 맞아요. 무슨 수를 써도 저는 원래 모습으로 돌아갈 수 없을 거예요. 보렐은 천성이 과학자라서, 오랫동안 열심히 연구하다 보면 언젠가는 해답을 발견할 수 있으리라고 굳게 믿고 있어요. 하지만 제 생각엔 그 해답을 발견하는 것이 아무래도 불가능할 것 같아요.

브라이튼   우리가 할 수 있는 일이 분명히 있을 겁니다.

콜란   제발, 제니와 함께 집으로 돌아가세요.

브라이튼   아뇨, 저는 당신을 두고 가지 않겠습니다.

콜란   브라이튼, 저는 당신이 저를 가엾게 여기는 걸 바라지 않아요.

브라이튼   가엾게 여기다니요. 그런 식으론 전혀 생각지 않습니다. 그저, 뭐랄까, 당신은 그런 일을 당할 만한 까닭이 없다는 겁니다.

브라이튼은 콜란의 눈물을 닦아 준다.

브라이튼　(계속해서) 아, 울지 말아요, 콜란. 다 잘될 겁니다. 장담합니다.

브라이튼이 콜란의 두 팔을 잡고 있는데 보렐이 그녀를 부른다.

보렐　(오두막 안에서) 콜란, 빨리 와, 거의 다 됐어.

오두막의 양쪽 벽이 흔들리기 시작한다. 콜란이 브라이튼의 손에서 빠져나와 급히 오두막으로 달려간다. 그녀는 고개를 돌리고 브라이튼을 바라본다. 브라이튼은 일어서서 그녀를 뒤쫓아 가려고 하다가 그녀와 약속한 말이 생각나 다시 흙 둔덕에 주저앉는다. 콜란이 오두막 안으로 들어간다. 오두막의 흔들림이 멈추고, 잠시 뒤 제니가 무대 왼쪽에서 다시 등장한다.

제니　너 정말 나를 미치게 만드는구나, 브라이튼. 정말 그럴래?

브라이튼　무슨 소리야?

제니　정신 차리고 나를 따라 우주선으로 왔어야 할 거 아니야.

브라이튼	가지 않겠다고 했잖아.
제니	알아. 하지만 따라올 줄 알았지. (브라이튼 곁에 앉는다.) 어떻게 돼 가는 거야?
브라이튼	보렐이 지금 과학 실험을 다시 시작하고 있는 것 같아.
제니	과학 실험이라니? 자기가 무슨 과학자라고. 내 보기엔 엉터리 놈팡이 같은데. 미남이라는 건 인정하지. 애꾸눈이기는 해도.
브라이튼	어라. 누나는 나 때문에 돌아온 거야, 아니면 보렐 때문에 돌아온 거야?
제니	(브라이튼의 옆구리를 치며) 닥치지 못하겠니?

브라이튼과 제니가 함께 키득거리고 있는데, 오두막의 양쪽 벽이 다시 흔들리기 시작하고 무슨 엔진 소리와도 같은 웅웅 대는 소리가 안에서 요란하게 울려 나온다. 그러더니 번쩍 하는 섬광과 함께 오두막 안에서 폭발이 일어난다. 브라이튼이 오두막 안으로 뛰어 들어간다.

| 제니 | 브라이튼, 안 돼! 보렐! |

잠시 뒤, 브라이튼이 불에 그슬리고 부상당한 보렐을 부축해 오두막을 나온다. 그는 보렐을 흙 둔덕에 앉혀 놓고 다시 쏜살같이 오두막 안으로 달려 들어간다.

보렐   (멍한 표정으로) 거의 다 됐는데. 성공 직전이었어.

제니가 쟁반에 놓여 있는 붕대를 집더니 보렐한테 다가가 상처가 나 피를 흘리는 팔을 응급처치 한다.

제니   (화를 내며) 멍청하긴. 죽을 뻔했잖아. 도대체 어떻게
         된 거예요?
보렐   늘 이런 식이었소. 힘의 장(場)[4]들을 가까이 다가가게
         할 수는 있는데, 두 극이 붙으려고 하면 방류가 되어
         에너지 흐름이 사방으로 흩어져 버리는 거요.
제니   당치 않은 이론이에요. 무슨 생각을 하고 있는 거예
         요? 자장의 극성을 그렇게 강제로 결합시켜 보겠다는
         거예요? 죽고 싶어요?
보렐   죽으면 어떻소?
제니   엄청난 손해지요.
보렐   그래요? 누가 관심이나 있소?
제니   내가 있어요.

제니는 하던 말을 멈춘다. 그녀는 자신의 감정을 억제하고 싶었지만 이미
보렐에 대한 관심을 드러내 버리고 말았다. 두 사람은 서로를 빤히 바라본
다. 브라이튼이 콜란을 데리고 오두막에서 나온다. 콜란은 온몸을 외투로 감
싸고 있어 모습을 알아볼 수 없다. 브라이튼은 절룩거리는 콜란을 바닥에

앉힌 뒤에도 그녀를 계속 부축하고 있다.

제니   맙소사.

브라이튼   콜란이 움직이지 않아요.

보렐   콜란이 너무 가까이 갔어. 너무 가까이 가지 말라고
        했는데. 다 내 탓이오.

브라이튼   죽었을 리 없어요. 죽었을 리 없어.

보렐   다 끝났소. 난 내가 뭔가 할 수 있으리라 생각했는데,
        한 일이 고작 이것뿐이오. 이 사람을 죽여 놓고 말았
        어. 난 돕고 싶었는데.

제니는 보렐을 위로하기 위해 그의 어깨에 팔을 두른다.

브라이튼   나는 코렐이 조금도 흉측하다거나 역겹다고 생각하지
        않았어요. 코렐은 상냥하고 친절했어요. 제가 보기엔
        아름다웠죠. (사이. 외투 안에서 무슨 움직임이 있다. 브라이
        튼이 놀라 두건을 젖히자 힘이 없는 상태지만 살아 있는 콜란
        이 그를 향해 미소를 짓고 있다. 그런 콜란의 모습은 외계인이
        아니다. 콜란은 젊고 어여쁜 여자로 변해 있다.)

브라이튼   (계속해서) 콜란, 이거 봐요!

보렐과 제니가 브라이튼과 콜란이 있는 곳으로 다가온다. 브라이튼은 콜란

의 손을 들어 올려 콜란한테 보여 준다.

브라이튼　(계속해서) 성공했어! 다시 정상이 되었어요!

콜란이 놀라 자신의 손을 내려다보고는 믿을 수 없다는 듯이 얼굴을 만져
본다.

콜란　(감정이 북받쳐) 성공했어요, 성공했어요!

브라이튼　아름다운 분이군요.

기쁨에 겨워 콜란과 브라이튼은 포옹한다.

제니　기적이야.

콜란　(손을 내밀어 보렐의 손을 붙잡으며) 당신이 해냈어요, 보
렐. 당신이 저를 되돌려 주셨어요. 어떻게 이 은혜를
갚죠?

보렐　이건 내가 한 일이 아니오. 당신이 정상으로 돌아온
건 정말 기뻐요. 하지만 이건 내가 한 일이 아니야. 자
장의 극들은 접촉하지 않았어요. 이 일은 내 공이 아
니야.

콜란　(보렐한테 다가서며) 아니에요, 당신이 한 일이에요. (보
렐의 뺨에 입을 맞춘다.) 당신한테 감사드려요.

브라이튼　(일어서서 콜란의 두 손을 잡으며) 자, 갑시다, 콜란. 내 우
주선으로 가서 순찰대에 메시지를 보냅시다. 우리 모
두가 이 버림 받은 행성을 떠날 수 있으려면 더 큰 운
송선이 필요해요.

브라이튼과 콜란이 행복하게 무대 왼쪽으로 퇴장한다.

보렐　하지만 내가 한 일이 아냐. 실험은 실패했소. 내 실험
은 다 실패야. 난 실패자요. 늘 그랬지.

제니　그래요? 당신은 콜란을 사람으로 되돌려 놓으려고 이
곳에 왔어요. 그리고 콜란은 이제 다시 사람이 되었고
요. 일이 어떻게 되었든 콜란한테는 당신이 영웅이에
요. 그래도 실패라고 할 거예요?

보렐　당신 생각은 어떻소? 당신이 날 싫어한다는 걸 나도
알아요.

제니　그래요. 당신을 싫어했죠. 하지만 그건 당신을 몰랐을
때예요. 당신이 무슨 일을 하고 있는지, 당신이 왜 나
를 그런 식으로 대했는지 몰랐을 때라고요.

보렐　당신을 그처럼 추운 바깥에 내버려 두는 게 아니었는
데…… 미안해요. 내가 그때 도대체 무슨 생각을 하고
있었는지 모르겠소.

제니　실험 생각을 하고 있었겠죠.

218

보렐 그건 변명이 못 돼요. 꼭 실험 생각만 하고 있었던 것
도 아니었으니까. 만약 당신도 다쳤더라면 나는 나 자
신을 용서할 수 없었을 것이요. 나는…… 아니요.

보렐이 흙 둔덕에 기대 눕고 제니가 그의 팔에 붕대를 감아 주려고 다가간다.

제니 어쩌면 그 현자의 수수께끼에서 상극하는 힘들은 자
장의 양극을 말하는 것이 아니었을지도 몰라요.

보렐 그럼 뭐란 말이오?

제니 상극하는 힘들은 잘생긴 브라이튼이 콜란의 흉측한
모습에서 마음에 깃든 아름다움을 발견하려는 태도
였는지도 몰라요. 또 상극하는 힘들이란 당신이 나한
테 따뜻한 피난처를 제공하지 않으면서도 콜란이 물
을 가져다주고 다친 곳을 보살펴 주는 것을 막지 않
은 마음인지도 몰라요. 그리고 내가 당신을 미워했고,
또 당신을 잔인하고 몰인정한 괴물이라고 생각했지만
결국은 당신이 진정 남을 배려하고 동정심을 가진 사
람이라는 것을 알게 된 것인지도 몰라요. 난 상극하는
힘들이 에너지와 관련된 것이라고 생각한 당신의 이
론이 옳았다고 믿어요. 하지만 잘못된 에너지로 작업
을 한 게 오류였는지도 모르죠. 그 수수께끼에서 "상
극하는 힘들이 합쳐질 때까지"라는 말은 서로 다른 견

해가 변하여 하나로 이해할 수 있는 지점에 이르는 것을 의미할 수도 있잖아요. "합친다"는 것은 양쪽이 상대방의 관점에서 상황을 볼 수 있는 통찰을 가지게 된다는 것이니까요. 너무 가혹하게, 너무 불공정하게 판단하지 않아야 모두 조화롭게 되죠.

보렐 근사한 말이오. 하지만 당신 말은 낭만적 환상으로 가득 찼소.

제니 그럼 냉혹한 사실들만 보는 당신의 세계가 더 낫다는 말인가요? 당신 가슴은 시적인 것을 품을 만한 여유가 없어요?

보렐 내 가슴은 딴 것을 품을 만한 여유가 없소.

제니 그래요?

두 사람은 서로를 물끄러미 바라본다. 이윽고 제니가 보렐의 손을 가만히 거머쥔다.

제니 (계속해서) 당신한텐 그런 가슴이 있다고 생각해요.

보렐은 제니의 깊은 이해심에 놀라 일어나 앉지만 어찌해야 할 바를 모른다.

보렐 사람 구실을 제대로 못 해 온 나한테도 뭔가 남아 있다는 걸 발견해 준 사람은 오직 당신뿐이오.

제니   (미소 지으며) 자, 집으로 돌아가요.

보렐과 제니가 무대 왼쪽으로 퇴장한다.

옮긴이 주

1) 제니퍼 : 제니는 제니퍼의 애칭이다.

2) 자극(磁極) : 자석이 쇠붙이를 끌어당기는 힘이 가장 센 곳. 자석의 양쪽 끝에 있으며 북으로 끌리는 쪽을 N극, 남으로 끌리는 쪽을 S극이라고 한다. 같은 극끼리는 밀어내고 다른 극끼리는 끌어당긴다.

3) 전하(電荷) : 물체가 띠고 있는 정전기의 양. 같은 부호의 전하 사이에는 미는 힘이, 다른 부호의 전하 사이에는 끄는 힘이 작용한다. 한 점에 집중되어 있는 것을 점전하라고 하며, 이것이 이동하는 현상이 전류다.

4) 장(場) : 어떤 힘이 작용하고 미치는 범위. 힘의 성질에 따라 중력장, 자기장, 전기장 따위가 있다.

존 가너 (?) ....

미국의 극작가. 중·고등학생들을 위한 교육용 희곡을 전문적으로 쓰고 있다. 주요 저서로 《환상의 날개: 리더즈 시어터를 이용하여 판타지 장르 공부하기》, 《극의 방식: 아마추어와 학자들을 위한 극들》 등이 있다.

• 등장인물들의 성격과 분장

제니

성격 당차고 자신감이 넘치며, 영리하고 결단력이 뛰어난 인물이지만, 부상을 당하고 나서 연약한 면을 보입니다.

분장 우주 시대의 제복을 입습니다. 신축성이 있고 플라스틱처럼 보이는 갑옷 장식의 옷이 좋습니다. 옷에는 노바 순찰대원임을 나타내는 배지와 중위 계급장을 달고 있어야 합니다. 긴 부츠를 신으면 좋습니다.

콜란

성격 유순한 성격에 배려심이 깊고, 동정심이 많으며, 어린아이처럼 순진한 여성입니다. 자신의 외모를 부끄러워하여 남들한테 내보이기를 몹시 꺼립니다. 남들의 친절한 태도를 처음엔 선뜻 받아들이지 못하지만 — 애초에 기대하지 않기 때문에 — 그래도 누군가 친구처럼 대해 주면 곧바로 고마워하며 따뜻한 마음을 보입니다.

분장 기본적으로 누더기 차림이 좋습니다. 소매가 긴 흰 블라우스를 입고 팔꿈치에 천 조각을 댑니다. 점퍼와 긴 드레스에도 여기저기 천 조각을 댑니다. 두건이 달린 빨간 벨벳 외투를 준비합니다. 이 외투를 걸칠 때는 몸을 완전히 가릴 수 있도록 합니다. 다만 손과 발은 드러나도록 하고 그것들이 도마뱀의 손발처럼 보여야 합니다. 이런 효과를 내기 위해 스펀지나 고무 같은 것을 이용하여 특수 장갑과 특수 부츠를 만들 수도 있습니다. 다만 필요할 때 이것들을 쉽게 벗어 버릴 수 있도록 장치를 해 두어야 합니다. 콜란은 머리도 도마뱀 같아야 하고 우주 생물처럼 보여야 합니다. 그러려면 두건 모양

222

의 꽉 끼는 머리 가리개 같은 장치를 만들어 사용할 수 있습니다. 이마는 넓게 하고 귀는 안 보이게 감춥니다. 콜란의 눈, 코, 입, 얼굴에 같은 색깔의 메이크업을 할 수도 있습니다. 하지만 콜란 역을 맡은 배우의 표정 연기를 살리고 싶을 때에는 분장을 바꾸어도 됩니다. 콜란이 우주 생물에서 인간으로 변신할 때의 시간은 짧기 때문에 그 변신이 수월하게 이루어지도록 분장을 신경 써서 준비해야 합니다.

보렐

성격 실험에만 몰두해 있습니다. 그래서 실험을 방해받으면 화를 내고 행동이 거칠어집니다. 또한 힘이 세고 체력이 강하다는 느낌을 주어야 합니다.

분장 영화 〈매드 맥스〉의 주인공 옷차림과 비슷하게 보일 수 있도록 천을 이어 붙인 옷을 입습니다. 한쪽 눈에는 안대를 합니다. 또 관습에 따르지 않고 제멋대로 사는 사람을 상징하기 위해 머리를 치렁치렁하게 기릅니다.

브라이튼

성격 네 명의 등장인물 가운데 성격이 가장 단순합니다. 마음씨가 착한 그는 콜란이 처한 곤경에 깊은 연민을 느끼고 진심 어린 마음으로 걱정합니다. 줏대 있고 만만찮습니다. 언제나 성급하게 결론을 내리지 않고 사태를 균형 잡힌 시각으로 보려고 합니다.

분장 제니와 같은 노바 순찰대 제복을 입지만 긴 부츠는 신지 않아도 됩니다.

• 무대 구상

무대 장치에 초현실적인 느낌이 나게 합니다.

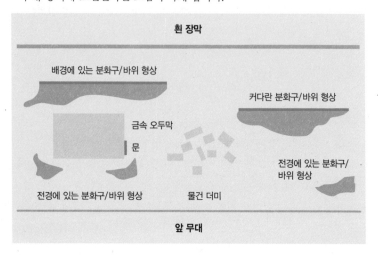

• 준비할 소도구

접시/음식, 컵, 병 여러 개, 솜뭉치, 붕대, 물주전자, 칼, 족쇄와 사슬, 젖은 헝겊, 열쇠, 단지, 상자, 그릇

• 조명과 효과

우주선의 추락은 음향 효과와 조명으로 만들어 낼 수 있습니다. 오두막에서 일어나는 폭발은 조명과 음향 효과를 이용합니다. 오두막의 문이나 벽 틈으로 연기가 새어 나오게 하면 더 좋습니다.

공연 준비

1. 작품을 꼼꼼히 읽고 역할을 정합니다.

2. 극본을 읽고 대사를 외웁니다.

3. 동작선을 연습합니다.

4. 장면별로 연습합니다.

5. 총연습을 합니다.

1 콜란의 외모가 흉측한데도 제니퍼와 브라이튼의 마음을 끌었던 이유는 무엇일까요?

2 제니퍼와 브라이튼은 처음에는 보렐을 몰인정한 사람으로 보았습니다. 그들은 언제부터 어떤 이유로 보렐을 좋은 사람이라고 생각하게 되었을까요? 여러분은 보렐을 어떤 사람으로 생각하나요? 그 이유를 말해 보세요.

3 이 작품에서 콜란과 브라이튼의 이야기는 서양의 전래동화 〈미녀와 야수〉의 이야기와 비슷합니다. 어떤 점에서 비슷한지 서로 비교해 보고 이야기해 보세요.

4 미래 세계에 인간이 외계인 또는 외계 생물체를 만나게 되었을 때를 상상해 보세요. 그들이 지구인과는 전혀 다른 모습을 가지고 있다면 우리는 그들과 잘 사귈 수 있을까요? 우리와 전혀 다른 존재를 사귈 때 가장 중요한 조건은 무엇일까요?

5 마지막 부분에서 제니는 현자의 수수께끼를 자기 나름으로 해석합니다. 우리의 일상적인 삶 속에서 서로 대립하는 것들이 어떻게 하면 조화를 이룰 수 있는지 이야기해 보세요.

로맨스의 실험

이 작품은 로맨스가 중심인 극입니다. 두 쌍의 남녀가 낯선 별에서 우연히 만나 사랑에 빠지게 된다는 이야기가 극의 기본 얼개입니다. 로미오와 줄리엣처럼 남녀가 첫눈에 반해 사랑하게 되는 이야기는 아닙니다. 작가는 일부러 쉽사리 사랑하기 힘들 것 같은 상대를 두 쌍 등장시켜 놓고, 이들 사이에 과연 사랑이 싹틀 수 있을까를 실험하고 있는 듯합니다. 이 작품이 독자와 관객에게 궁금증과 흥미를 불러일으킨다면 바로 그러한 문제 상황 때문이겠지요. 보렐은 매우 거칠고 몰인정해 보이는 사람입니다. 조난당한 제니퍼(제니) 중위를 사슬에 묶어 놓고 밤새도록 추위에 떨게 합니다. 콜란은 외모가 기이합니다. 파충류를 닮은 우주 생물처럼 보입니다. 보렐이나 콜란은 둘 다 보통 사람들에게는 호감을 주기 힘든 유형의 인물들입니다. 반면 제니와 브라이튼은 매력적인 성품에 잘생기고 착한 인물들입니다.

오해와 진실

제니는 처음에 보렐을 잔인한 사람이라고 오해했다가 나중에는 매우 인정이 많은 사람이라는 것을 알게 됩니다. 또 그가 옳다고 믿는 일에는 자기희생을 아끼지 않는 사람이고 과학자의 열정으로 가득 찬 사람이라는 사실이 밝혀집니다. 이러한 사실은 겉으로만 드러나는 단편적인 사실만으로는 사람의 진실을 다 알 수 없다는 가르침을 줍니다. '오해와 진실'의 주제는 '겉모습과 본모습' 또는 '외모와 마음'이라는 주제와도 연결되어 있습니다. 콜란의 외모는 역겨움을 자아낼 수 있지만 제니와 브라이튼은 그와 같은 겉모습으로 상대방을 판단하지 않았습니다. 어려움에 처한 그들을 따뜻하게 보살펴 주는 콜란의 착한 마음이 그들에게는 아름답게 돋보였고, 그것이 외모의 흉측함을 느끼지 못하게 해 주었기 때문입니다. 그래서 브라이튼은 콜란을 사랑할 수 있게 됩니다.

대립되는 것들의 조화

작가는 그 밖에도 이 작품을 통해 할 말이 더 있습니다. "상극의 조화"라는 주제와 관련된 이야기입니다. 이 작품의 상황은 서로 받아들이기 힘든 차이를 가진 인물들이 만나게 되는 상황입니다. 이 상황이 공상과학극답게 물리학의 용어를 빌려 이야기되고 있습니다. 여기에는 인간관계의 일이나 물리적인 세계의 현상을 지배하는 원리는 같다는 과학적 사고방식이 들어 있습니다. 하지만 물리학 이야기는 결국 작가가 인간 사이의 일을 재미있게 비유적으로 설명하기 위한 수단이라고 보아도 됩니다.

여기에서 제기되고 있는 문제는 서로 다른 생각의 기준을 가지고 사는 사람들이 어떻게 어울려 살 수 있느냐 하는 것입니다. 사람마다 좋아하는 것도 다르고 옳다고 믿는 것도 다릅니다. 종교도, 정치관도, 피부색도, 아름다움의 기준도 다릅니다. 어떤 생각들, 어떤 기준들은 극단적일 정도로 서로 다릅니다. 그 때문에 인간은 오랫동안 서로 경멸하고, 싫어하고, 싸워 왔습니다. 작가는 이처럼 많은 차이를 가진 사람들끼리 어떻게 서로 싫어하지 않고 어울려 살 수 있을 것인가 하는 문제를 이야기하고 있습니다. 작가가 내놓는 한 가지 방법은 '상대방의 관점에서 생각하는 것'이라고 합니다.

차이를 관용하기

위에서 말한 문제는 우리의 현실에서도 중요하지만 미래의 세계에서는 더 중요한 문제가 될 가능성이 큽니다. 우리가 미래에 다른 별에 사는 우주 생물체와 만나게 되었다고 합시다. 우주 생물체는 우리 인간과 아주 다르게 생겼을 가능성이 높습니다. 괴상하고 징그러운 모습을 하고 있을 수 있습니다. 이상한 냄새를 풍기고 있을 수도 있고요. 우리는 그들을 괴물로 보아야 할까요? 우리는 그들에게 어떻게 보일까요? 그들이 우리에게 괴물로 보인다면 우리도 그들에게 괴물로 보일 것입니다. 이때 중요한 것은 상대방의 관점에서 생각해 보는 것입니다. 우리에게 괴물처럼 보인다고 해서 싫어하고, 미워하고, 그 래서 싸우게 된다면 이 세상은 증오와 싸움만이 가득한 불행한 곳이 되고 말 것입니다. 지혜롭다는 인간도 결국 모든 것을 자기 식대로만 생각하는 편협 한 존재에 그치고 말 것이고요. 그러니까 나와 혹은 우리와 다르다고 해서 차 별하거나 배척해서 안 됩니다. 서로의 차이를 인정하고, 서로를 배려할 줄 알 고, 서로를 이해할 줄 아는 마음을 가져야 합니다. 차이를 인정하는 순간 모든 존재는 아름답게 여겨질 수 있습니다. 그리고 모든 존재는 서로 사랑을 할 수 있게 될 것입니다.

옮긴이 소개 (가나다순)

강종임 동국대학교 인문과학대학 중어중문학과 겸임교수. 이화여자대학교에서 공부하고 중국 난카이(南開)대학교에서 문학박사 학위를 받았다. 논문으로 〈설화를 통해 본 중국과 한국의 사유 특성: 상사목의 형상을 중심으로〉 등이 있다.

민지영 동국대학교 일어일문학과 강사. 전남대학교에서 공부하고 일본 국립 나고야대학교에서 문학박사 학위를 받았다. 논문으로 〈번역상의 의성어 의태어의 특징〉, 지은 책으로 《생활 속의 한자》(공저) 등이 있다.

송무 경상대학교 사범대학 영어교육과 교수. 고려대학교에서 공부하고 같은 학교에서 문학박사 학위를 받았다. 지은 책으로 《영문학에 대한 반성》, 옮긴 책으로 《국어시간에 세계단편소설읽기 1, 2》, 《달과 6펜스》, 《소돔과 고모라》, 《위대한 개츠비》 등이 있다.

정진주 경상대학교 인문대학 불어불문학과 교수. 대구가톨릭대학교에서 공부하고 파리 소르본느 대학에서 문학박사 학위를 받았다. 논문으로 〈폴 클로델의 희곡작품에 나타난 폭력성의 미학〉, 〈처녀 비올렌느의 초판과 수정판 비교〉, 〈폴 클로델과 극동미술〉 등이 있다.

최석희 대구가톨릭대학교 교수(독어독문학 전공). 경북대학교와 뮌헨대학교에서 공부하고 고려대학교에서 문학박사 학위를 받았다. 지은 책으로 《독일문학 그리고 한국문학》, 《그림동화의 꿈과 현실》, 《멈추어라 너 아름다운 순간이여》, 옮긴 책으로 《겐테의 한국기행》, 《윤무》, 《내 동생》, 《아나톨》, 《오르레앙의 처녀》, 《늑대가 돌아온다》, 《초록앵무새》, 《원하는 음식》 등이 있다.

"Crossroads" by Carlos Solórzano from *Selected Latin American One-Act Plays*, edited by Francesca Colecchia and Julio Matas, © 1973. Translated and reprinted by permission of the University of Pittsburgh Press.

- 〈대추〉와 〈상극의 조화〉는 저자와의 접촉을 여러 차례 시도하였으나 끝내 연락이 닿지 않았습니다. 연락이 닿는 대로 저작물 사용 허락을 구하도록 하겠습니다.

국어시간에 세계희곡읽기

1판 1쇄 발행일 2012년 4월 9일
2판 1쇄 발행일 2020년 3월 16일
2판 3쇄 발행일 2021년 2월 22일

기획 송무
엮은이 전국국어교사모임

발행인 김학원
발행처 (주)휴머니스트출판그룹
출판등록 제313-2007-000007호(2007년 1월 5일)
주소 (03991) 서울시 마포구 동교로23길 76(연남동)
전화 02-335-4422 **팩스** 02-334-3427
저자·독자 서비스 humanist@humanistbooks.com
홈페이지 www.humanistbooks.com
유튜브 youtube.com/user/humanistma **포스트** post.naver.com/hmcv
페이스북 facebook.com/hmcv2001 **인스타그램** @humanist_insta

편집책임 문성환 **편집** 김사라 **디자인** 김태형 김수연 **일러스트** 박정인
용지 화인페이퍼 **인쇄** 청아디앤피 **제본** 정민문화사

ⓒ 송무·전국국어교사모임, 2020

ISBN 979-11-6080-352-5 43800